벌레를
밟았다

벌레를 밟았다

초판 1쇄 발행 | 2020년 3월 15일
　　2쇄 발행 | 2020년 6월 30일
지은이 | 김지민
펴낸이 | 최윤정
펴낸곳 | 바람의아이들
만든이 | 양태종 김재이 변수연 유소희
등록 | 2003년 7월 11일(제312-2003-38호)
주소 | 04001 서울시 마포구 동교로 17안길 43-4
전화 | (02)3142-0495
팩스 | (02)3142-0494
이메일 | barambooks@daum.net
제조국 | 한국
구독 연령 | 11세 이상

www.barambooks.net

ISBN 979-11-6210-059-2 44800
　　978-89-90878-04-5 (세트)

「이 도서의 국립중앙도서관 출판예정도서목록(CIP)은 서지정보유통지원시스템 홈페이지(http://seoji.nl.go.kr)와 국가자
료공동목록시스템(http://www.nl.go.kr/kolisnet)에서 이용하실 수 있습니다.(CIP제어번호: CIP 2020004635)」

벌레를
밟았다

김지민 지음

바람의아이들

• 차례

다른 아이

1

2020 S/S 한정판 팬텀 립스틱 컬러 201호 정품 스티커 부착 새 상품

직거래(다향역 근처) 오만 원

* 네고 사절, 찔러보기 절대 사양

글을 게시하자마자 새 글 알림이 떴다. 구매자는 'OK'라는 댓글과 함께 연락처를 보내왔다. 시원스러운 시작이다. 토요일 오전 11시, 다향역 4번 출구. 약속 시간과 장소를 정하기까지 오 분도 걸리지 않았다. 너무 순조로워서일까? 막상 오만 원에 한정판 팬텀을 넘기려니 너무 싸게 올린 건 아닐까 돌아보게

되었다.

뷰티 유튜버인 아이돌 수쥬가 뉴욕 명품거리 한 카페에서 팬텀 201호를 바르는 사진이 광고인 듯 아닌 듯 퍼지자 제품은 순식간에 품절되었다. 얼마 지나자 품절 이후 곳곳을 뒤져도 살 수 없었던 팬텀이 한정판으로 출시되었고, 그때부터 나는 정신없는 시간을 보냈다. 사전을 검색해 가며 해외 사이트에 가입했다. 이벤트 쿠폰을 획득하기 위해 열흘 간 출석체크 스탬프를 찍었다. 직구가 불가능하다는 걸 알고 배송 대행지 사이트에 가입했고, 포인트를 모으기 위해 홍보 글들을 포스팅하며 여러 군데에 개인정보를 팔았다. 덕분에 엄마 이름을 글로벌하게 알렸다. 목돈이 필요한 일이라 자금 마련을 위해 각종 체험단 활동도 했다. 오랜 시간 정성을 들여 신상품의 후기를 작성하고, 다시 새것처럼 포장해서 중고 거래를 하기도 했다. 바쁜 한 달을 보냈다. 열흘을 기다려, 드디어 택배를 받았다. 그런데 같은 색상이 두 개였다. 두 번을 클릭했다니, 수전증이 왔나? 팬텀은 하나면 충분했다.

애쓰고 수고한 시간에 비해 오만 원은 적었다. 그렇다고 이제와 말을 바꾸면 '코덕부티'의 이미지에 마이너스가 될 거다. 중고 거래는 어쩔 수 없다. 파는 순간에는 미련이, 사는 순간에는 아쉬움이 남는다. 때론 상냥한 말투, 친근한 이모티콘을 보

냈던 사람도 물건을 보자마자 흠집을 내며 에누리를 시도하곤
했다.

"사용기한을 정확하게 말씀해 주셨던가요? 2020년 6월이라
고 글 올리셨던데, 여기 보세요, 6월 1일이잖아요. 그럼 5월 안
에 다 써야하는데, 6월이라고요?"

"그런가요? 그럼 안 하셔도 돼요."

"장난해요? 시간이랑 차비 들여서 나왔는데?"

기어이 삼천 원을 깎고서 새도를 가로챈 누군가는 아이라이
너를 가오나시의 눈두덩처럼 그린 초딩 여자애였다.

그때 나는 거래를 할 때 메시지 너머의 누군가에 대해 상상
할 필요가 없다는 걸 배웠다.

도착했습니다. 무슨 옷 입고 계세요?

4번 출구에서 메시지를 보냈다. 누군가가 나를 찾기는 쉽지
않을 거다. '코덕부티'라는 닉네임에는 키도 나이도 성별도 없
으니까. 짐작은 모두 그들의 편견에 달려 있다.

브러시를 들고 있어요.

무슨 옷을 입었는지 물었는데 웬 브러시? 순조로운 거래가
될 거라 생각했는데 불길한 예감이 들었다. 수십 가지의 브러

시가 머릿속에서 펼쳐졌다. 섀도, 팁, 브로우, 스머지, 스크루, 파이버, 사선, 셰이딩…….

"코덕부티 님?"

내 몸 어딘가를 강타하는 목소리였다. 소리가 나는 쪽을 향해 몸을 돌리자 볼펜 같은 브러시를 든 남자가 보였다. 셰이딩이나 파우더 브러시쯤 돼야 브러시를 들고 있다고 말할 수 있지 않나? 남자에게 자만심을 뛰어넘는 자부심 같은 게 느껴졌다.

"코덕부티 님 맞으시죠?"

남자가 해맑게 웃으며 물었다.

"아니에요."

이대로 나를 부정하고 거래를 끝낼 것인가.

"아, 죄송합니다."

남자가 얼굴을 붉혔다. 남자의 도드라진 광대뼈 위에 핑크 블러셔를 얹으면 개성 넘치는 페이스가 될 것 같다.

"그게……. 코덕부티는 누, 누나예요. 대신 나왔어요."

"코덕부티 님이 직접 오신 줄 알았는데……. 아쉽네요."

헐, 코덕부티가 나여도 괜찮다는 거야?

"이거 아이라인 브러시인데요."

내 예감이 틀리지 않다면 브러시를 내밀며 흥정을 시도할 것이다.

"네고 사절이라고 했죠. 오만 원 주셔야 물건 드려요."

오만 원과 팬텀을 교환하자마자 얼른 인사로 거래를 마무리했다.

"이거 한 번 쓴 거긴 한데 드리고 싶어서……."

얼떨결에 남자가 건넨 브러시를 받았다. 아이라이너 브러시의 털을 쓸어 보았다. 힘이 있으면서도 부드러운 촉감이었다. 인공모지만 천연 족제비털과 비슷하다고 '족제비털'로 불리는 코코사의 가성비템이다. 나는 지나간 여러 번의 거래를 생각했다. 이익과 손해는 돌고 돌아 비교적 공평한 거래를 만든다는 결론에 도달하고 나니 족제비털을 받아도 될 것 같았다. 거래는 끝났다. 나는 코덕부터로 돌아왔다. 족제비털로 섬세한 라인을 그리고 사진을 찍어 포스팅을 했다. 529개의 '좋아요'를 확인하고 새벽 2시가 넘어서 잠이 들었다.

2

세상에는 몇 가지의 다양한 냄새가 있을까? 사람이 지닌 냄새, 사물이 가진 냄새……. 냄새는 사람과 사물의 이름만큼이나 많았다. 또 움직임이 만들어 내는 냄새까지 생각한다면 그 숫자를 헤아린다는 건 망상이 되고 말 것이다. 강렬한 냄새는 미세하고 은은한 냄새를 잠식해 버린다. 나는 강렬한 냄새보다 오래 집중해야 맡아지는 냄새가 좋았다. 화단에 심긴 라일락 향기도 좋았지만 라일락 뿌리를 덮고 있는 흙냄새를 더 좋아했다. 그 흙에서는 대지가 서로 다른 생명을 껴안고 있는 냄새가 났다.

화장품에는 향료가 들어간다. 수많은 종류의 향이 있지만 화장품 케이스에는 '향료'로 표기된다. '향료'는 뚜껑을 열고 사용하기 전까지 어떤 냄새인지 짐작할 수 없는 불완전한 정보다. 여러 가지 방식으로 조합된 수많은 향을 단지 '향료'라고 해 버리고 나면 화장품 속 재료들이 만드는 각각의 향이 사라져 버리는 것 같다. 서로 다른 향기가 왜 향료라는 하나의 말로 불려야 하는지, 나는 불만이었다.

강렬한 파스향이 났다. 체육대회의 시작을 알리는 냄새다. 휴대전화도 없고, 화장품도 없다. 그러니 학교에서 내가 할 수 있는 건 잠이 오면 자는 일밖에 없다. 오늘처럼 봄볕이 대기까지 건조하게 말리는 날이면 핸드크림 생각이 간절해졌다. 손톱 초승달까지 신경 써서 바르고 나면 기분도 촉촉해졌다. 핸드크림을 꺼내 놓고 바르는 아이들이 반에도 여러 명 있었지만 나는 그럴 수 없었다. 작년 그 사건 이후로, 화장품은 학교에 가지고 다니지 않았다. 겨우 핸드크림 때문에 놀림감이 되고 싶지는 않으니 참기로 했다. 견디는 게 나쁜 것만은 아니다. 이후의 시간이 더 소중해지니까.

늦게까지 포스팅을 하느라 잠을 설쳐서인지 엎드리자마자 잠에 빠져들었다.

"야! 모상형, 일어나. 줄넘기 연습하러 안 나가냐?"

길게 늘어뜨린 검은 머리카락의 반장 모습에 깜짝 놀라 잠에서 깼다. 귀신 분장이 하고 싶었던 걸까? 레드 립틴트를 저렇게 덕지덕지 바르다니. 과욕이 부른 참사다. 구겨진 노트를 정리하고 운동장을 향해 걸어갔다. 단체 줄넘기 줄에 걸려 넘어지지 않으려면 어떻게 해야 할지 생각하면서. 애당초 방법이 있기는 한 걸까? 반장은 내게 여러 번 말했다. 우리가 모두 한 몸이 되어 하나의 발처럼 움직여야 한다고. 한 몸에 수십 개의 발을 달고 다니는 지네도 어쩌지 못하는 일인데, 한 몸도 아닌 우리보고 어떻게 한 발이 되라는 건지.

3

교실에 그가 나타났다.

담임 옆에 서서 교실을 둘러보는 족제비털, 그의 시선이 내게 와서 멈추었다. 나는 고개를 돌리고 책상에 얼굴을 파묻었다. 담임은 족제비털의 아버지가 몽골인이고, 어머니가 한국인이라고 이야기하며 직접 자신을 소개하라고 했다.

"내 이름은 몽골어로 어츠기를이야."

"어쩌기로?"

"어쭈…… 뭐, 뭐라는 거야?"

그때 운동장에서 계주 예선을 알리는 총소리가 들려왔고, 창가 쪽으로 아이들이 함성을 지르며 뛰어갔다. 누가 1등을 했는지, 대표 주자가 누구인지 묻느라 떠들썩했다.

"선생님, 전학생은 치어리딩 단체 안무에서 빼도 되죠?"

반장이 안무 이야기를 꺼냈다. 보자마자 안무라니, 내가 다 무안하다.

"다 같이 참여해야 가산점 있잖아."

다른 아이가 말했다.

"다음 주가 체육대회인데 지금 같이 하라는 건 무리지. 전학생도 괴로울걸?"

또 다른 아이들이 한두 마디 거들었다. 나중에는 왜 우리 반으로 전학을 왔느냐는 말도 아무렇지 않게 했다. 담임은 상황 정리에 필요한 말은 한마디도 거들지 않고 교실을 나가 버렸다.

"오늘 계주 주전 선발이랑 단체 안무 연습 있으니까 점심 먹고 한 명도 빠지지 말고 운동장으로 모여."

담임이 나가자마자 반장이 외쳤다. 체육대회 때야말로 온전히 제 힘을 발휘하겠다는 반장의 저 의지, 시뻘건 립 컬러만큼이나 부담스럽다.

시간은 조용히 흘러갔다. 같은 자리에 앉아서 자다 깨다 보면 시간과 공간은 저만치 물러갔다. 4교시가 끝나갈 무렵, 본능적인 감각으로 잠에서 깼다. 눈을 뜨면 교실은 늘 딴 세상 같았다. 나는 사라지고, 그들의 교실로 남아 있었다.

4교시는 과학 시간이었다. 아무도 재우지 않겠다는 목표를 실현하고자 과학 선생님은 무리하게 개그 욕심을 부렸다. 나는 그게 불편했다. 과학 선생님과 마주치지 않으려 애썼지만 선생님은 나를 개그 소재로 소모하곤 했다.

"급식을 위해 오늘도 정확하게 기상하셨어요? 매일 식단 바꿔서 너한테 공짜로 밥 퍼 주는 곳을 또 어디 가서 찾겠냐?"

애들은 웃었고, 나는 웃는 척했다. 그게 내가 덜 구겨지는 편한 대처였기 때문이다.

"어? 몽골에서 왔다는 전학생이구나. 반가워. 선생님은 몽골 하면 풀밭을 뛰노는 몽고마가 떠올라. 몽골인은 저 푸른 초원에서 잠 오면 자고, 살고 싶은 곳에 게르 짓고, 밤에는 별도 보고 참 낭만적으로 산다지? 대지 위 모든 곳이 침대이자 화장실이자 식탁이고, 얼마나 좋으냐? 아, 근데 정말 똥도 줍니? 그걸 땔감으로도 쓰고, 말려서 침대 밑에도 둔다고 하던데?"

열다섯 나이에, 똥 이야기가 아직도…… 웃겨? 아이들이 전학생을 바라보며 웃었다. 한 사람만 빼고 다 웃게 만드는 과학 선생님의 덫에 족제비털도 걸려든 것 같다.

"그런 거 아닌데요. 그렇지 않아요."

족제비털의 한마디에 교실은 조용해졌다.

"거참, 몽골에서 진지한 녀석이 왔네. 하하하하."

족제비털은 웃지 않았다. 다른 아이들의 웃음은 굴곡을 타고 비틀리면서 점점 퍼져 나갔다. 그게 뭔지 나는 알고 있었다. 받고 싶은 관심이 아닌, 다른 아이가 되는 시선이었다.

아이들이 족제비털에게 모여들었다. 관심을 갖는다는 것은 인간이 다른 인간에게 가질 수 있는 호감, 서로의 다름에 느끼는 끌림, 자연스럽지만 감격스럽기도 한 그런 감정, 그런 것이다. 족제비털에게 아이들은 불편한 요구를 했다. 그것은 다름에 대한 호감이 아닌, 기이한 것에 대한 멸시였다.

오후 1시의 햇살이 눈부셨다. 파란 하늘에 커다란 붓으로 흘려 그린 흰 구름의 터치감이 아찔해 모든 게 비현실적으로 느껴졌다. 나뭇잎은 바람이 부는 방향을 알 수 없다는 듯이 각자의 지표를 향해 흔들렸다. 구름이 천천히 움직였고, 그럴 때마다 나도 실려 올라갈 것 같은 가벼운 공기를 느꼈다. 이러한 감각을 얼굴 위에 표현한다면 어떨까? 햇볕에 몸이 데워질수록 잠이 쏟아질 것처럼 몽롱한 기분이 되었다. 그림 같은 풍경이었다. 그리고 그 속에서 그림처럼 족제비털이 달렸다. 쏟아질 것 같이 기울어진 상체는 한 발 한 발 땅을 박찰 때마다 날아갈 듯이 떠올랐다. 아이들이 내지르는 환호 소리가 들려왔다. 족제비털의 웃는 모습이 비현실적인 배경과 함께 빛났다.

그러나 빛나던 그림은 단체 안무 연습을 하면서 지워져 버렸다. 잘 따라 할 수 없는 게 당연했지만, 당연한 일일수록 모를 때가 많았다. 무리 안에서는 무리 밖의 어려움을 곧잘 외면하니까. 튀지 않게 전체를 이루는 어려움을 알고 있던 터라, 이런 타이밍에 등장한 녀석이 안타까우면서도 나를 위해서는 내심 다행이었다. 결국 다른 이름을 가진 그 녀석은, 계주를 할 때는 몽고마로 불렸다가 단체 안무를 할 때는 전학생으로 불렸다. 다수의 아이들이 그렇게 결정했다. 모두, 반을 위해서라고 했다.

4

연습을 마치고 교실로 돌아가는 족제비털을 보았다. 녀석은 세척을 마치고 널어놓은 축 처진 브러시 같았다. 교실로 향하던 족제비털이 뒤를 돌아보더니 나를 보며 웃었다. 나도 모르게 손을 살짝 들어 화답했다. 화답이라니. 내가 손을 들어 녀석을 반겼다고 생각하니 식은땀이 흘렀다.

화합했을 때 혐오가 되기 때문에 만나서는 안 되는 성질의 것들이 있다. 급식충과 진지충의 만남처럼. 저 둘이 만난다면 그냥 벌레가 될지도 모른다.

"저, 저기, 보건실이 어딘지 알아?"

족제비털이 다급하게 말을 걸며 나를 세웠다.

"어? 왜?"

왜라니? 그건 관심이잖아. 모르는 척 그냥 지나가려는데, 족제비털의 코에서 피가 뚝뚝 떨어졌다. 나는 족제비털 옆에서 반보 정도 앞장서 걸음을 재촉했다. 족제비털이 절뚝거리며 따라왔다.

"달리기 할 때 다쳤냐?"

"좀 전에 계단 오르다가 삐끗했어."

족제비털이 보건실에서 치료를 받고 나오며 내게 고맙다고 말했다. 족제비털의 콧구멍에 들어찬 하얀 거즈가 들썩였다. 웃음이 나왔다. 영문도 모르면서 족제비털이 따라 웃었다.

"코덕부티 님께 브러시 전해 준 것도 고마워. 포스팅 읽으면서 정말 설렜어."

"어? 뭐 그런 걸. 브러시 말이야. 누, 누나가 고맙대."

없는 누나까지 만들어서 감사를 표하니 개운하지 않았다.

"근데 너도 누구 대신 나온 거야?"

"아니, 나 화장품 모으는 거 좋아해."

족제비털의 자부심 가득한 미소에, 내 얼굴이 뜨거워졌다.

초등학교에 입학했을 때, 엄마는 간식거리를 사 먹으라고 매일 용돈을 주었다. 하교 후 학교 앞 공부방에 갔고, 끝나면 태권도장으로 갔다. 핫도그, 컵 떡볶이, 과자를 먹는 매일이 이어졌고 2학년이 다 끝나 갈 즈음엔 모든 게 시시해졌다. 집에서 엄마 아빠를 기다리는 시간은 지루했고, 배를 채우려 맛이 느껴지지 않는 음식을 먹는 건 지겨웠다. 나는 엄마가 준 용돈을 모아서 문구점에 갔다. 팽이도 블록도 싫었다. 네일 스티커와 반짝이 가루, 매니큐어를 샀다. 그 다음에는 립스틱을 샀다. 파우더를 샀고, 섀도도 사게 되었다. 어린이용을 사다가 나중에는 진짜 화장품으로 서랍 안을 채웠다. 크고 작은 상자마다 화장품이 가득 찼을 즈음, 엄마가 알게 되었다.

엄마는 쓰레기봉투에 화장품을 처넣었다. 그리고 아빠는 그걸로 나를 팼다.

쓰레기봉투 전투는 엄마와 아빠가 지칠 때까지 반복되었다. 전투 끝에 나는 내 속마음을 솔직하게 말하는 건 상대방을 곤

란하게 하는 일이란 걸 알았다.

"아, 너는 뭐 좋아해? 취미 말이야."

"취미 같은 거, 그런 거 없어."

"사실 말이야. 난 화장하는 걸 더 좋아해. 그게 내 취미야."

족제비털이 수줍은 목소리로 고백하자, 화장이라는 실체가 여기 어딘가에서 고백을 듣고 그를 긍정하고 있는 기분이 들었다. 족제비털의 자부심은 어디에서 비롯된 걸까?

나도 화장하는 게 좋았다. 손톱과 발톱만 들여다봐도 두 시간은 훌쩍 지나갔고 눈은 무궁무진했다. 얼굴은 도화지와 비교할 수 없이 좋은 바탕이었다. 도화지는 하얗고 네모나지만 얼굴은 사람마다 달랐다. 눈썹의 생김새, 미간의 길이, 코의 높이와 넓이, 입술의 모양과 색, 턱 끝이 코끝과 이루는 각도…….

서로 다른 얼굴을 보면서 미와 추를 가려야겠다는 생각은 옳지 않았다. 그저 다른 얼굴이니까 무엇이 더 어울릴까, 어떤 색과 만나야 본래 가진 생김새가 조화롭게 발현될까 고민하는 것이 즐거웠다. 화장은 도화지에 그리는 그림과 비교할 수 없이 그 자체로 멋있다. 그런데 이런 내 마음은 서랍 깊숙이 숨겨 넣은 화장품처럼 감춰야 했다.

"특, 특이한 취미다. 우주 통틀어 그런 취미 가진 애가 한두 명 있으려나?"

"우주에 나와 같은 아이가 있다면 난 모든 우주를 뒤져서 특별한 그 애, 찾고 싶다."

나는 특이하다고 말했는데, 족제비털은 특별하다고 말했다.

"네가 코덕부티 님의 동생이라니. 코덕부티 님은 정말이지 신의 손이야. 팬텀 201호가 갖고 싶긴 했지만 사실은 코덕부티 님을 만나고 싶었거든."

족제비털이 말할 때마다 내 얼굴 위로 화장이 분장처럼 얹어졌다. 피부의 모공을 다 막고, 콧구멍도 막아 버렸는지 숨이 막혔다. 나의 취미란 자부심을 느끼게 해 주는 것이 아니었다. 떳떳하지 못한 시간이 길어지면서 나는 점점 작아졌다. 그렇게 모상형은 사라지고, 겨우 코덕부티로 남아 다른 세계를 살고 있었다.

"뭐가 특별해? 그런 앨 왜 찾고 싶어? 너 이해 안 가! 정상이 아니라고."

족제비털에게 소리를 질렀다. 그건 내게 지르는 고함이기도 했다.

"정말, 그렇게 생각해?"

족제비털의 눈동자가 흔들렸다.

"어! 게이라는 말 듣기 딱 좋은, 괴상한 취미라고."

분장이 위장이 되고 결국에 내 모습은 하나도 남지 않았다.

작년 이맘때였다. 지우기가 아까워 새끼손톱에 라이언을 남겨 두었다. 어느 네일샵에서 했냐는 짝꿍 하은이 물음에 으쓱해져서 내가 했다고 말했다. 나는 말하고 싶었다. 내가 화장에 대해 잘 알고 있다는 사실과, 이 취미가 내게 얼마나 큰 즐거움인지 이야기하고 싶었다. 하은이가 손톱을 내밀었다. 이로 물어뜯은 손톱 끝이 톱니처럼 까끌거렸다. 아끼는 매니큐어를 챙겼고, 니퍼, 푸셔, 셰이퍼를 준비해 갔다. 내 숨결에 라인이 틀어질까 숨죽이며 하은이의 손톱마다 무지, 튜브, 프레도를 그려 넣었다. 탑코트 위에 마지막으로 퀵드라이를 바르고 뿌듯하게 하은이를 바라보았다. '하은이도 나를 보며 행복하게 웃었다'로 끝났다면 좋았겠지만.

한 녀석이 와서 하은이의 손톱을 보고 비아냥거렸다.

"너 모상형 좋아하냐? 근데 어쩌냐, 쟤 게이야."

"야! 내가 왜 게이야? 헛소리하지 마!"

"그럼 게이가 자기를 게이라고 그러겠냐?"

다른 아이들이 웃었다. 하은이는 중간에서 어쩔 줄 몰라 하다가 손톱을 물어뜯었다. 그러고는 곧바로 소리를 질렀다. 덜 마른 매니큐어가 하은이 입속에 들어갔고 캐릭터는 뭉개졌다.

"네가 게이가 아니면 하은이랑 사귀면 되잖아. 하은이 손톱 칠한다고 완전 미쳐 있던데?"

나는 매니큐어를 던졌다. 매니큐어는 녀석의 교복 셔츠에 얼룩을 묻히고 교실 바닥으로 떨어졌다. 내용물이 새어 나왔다. 셔츠에 묻은 빨간색, 나를 보는 아이들의 따가운 시선, 머릿속을 헤집는 매니큐어 냄새. 교실을 나와 도망치듯 집으로 갔다. 이틀이 지나 학교에 갔을 때, 나는 괴상한 게이가 되어 있었다. 그 녀석의 잘못은 나를 놀린 것 하나였지만, 내 잘못은 열 개도 넘었다. 보통 남자아이들처럼 주먹이 나가지 않고, 매니큐어를 던졌다는 것도 그 중 하나였다. 그때부터 다시, 화장품을 쓸어 담은 쓰레기봉투로 처맞는 생활이 시작됐고 오랫동안 버텨야 했다.

"그게 왜! 그만 얘기하자."

족제비털이 소리쳤다. 족제비털의 까만 머리칼이 단정한 눈썹 위로 쏟아지듯 내려왔다. 눈썹과 속눈썹 끝을 잇는 곡선이 부드러웠다. 족제비털의 속눈썹 사이로 눈물이 반짝였다. 나는 그날 이후 매일을 버티며 보냈으면서 족제비털에게 고스란히 그때의 아픔을 겪게 하려는 걸까? 도대체 어떻게 생긴 마음이기에 다가가면서 밀어내고 이해하면서 괴상하다고 말할 수 있는 걸까?

족제비털과 나는 가깝지도 멀지도 않은 간격을 두고 아무 말 없이 복도를 걸었다. 교실 근처에 왔을 때 우리는 약속이라도 한 듯이 앞문과 뒷문으로 나누어 들어가 각자의 자리에 앉았다.

그날 밤 꿈을 꾸었다. 화장품과 도구들을 꺼냈다. 도구를 필요에 맞게 세팅하고 화장을 하려고 할 때, 족제비털이 방문을 열고 들어와 내 옆에 앉았다. 족제비털도 화장을 시작했다. 화장품을 하나씩 열 때마다 풍기는 미세한 향들이 공기 중에 퍼졌다. 우리가 화장을 하는 동안, 방은 열기로 데워졌다. 그 시간이 얼마나 행복한지 말할 필요가 없었다. 족제비털의 눈두덩에 칠한 푸른빛, 투명한 눈동자, 블러셔를 바른 광대뼈와 이마선을 따라 빛나는 하이라이트의 펄감이 눈부셨다. 화장을 마친 족제비털은 아름다웠다. 부드러운 선과 반짝이는 색채가 조화로워 넋을 놓고 바라보았다. 여자인지 남자인지 알 수 없었지만 그런 건 중요하지 않았다.

화장을 마치고 포스팅을 하기 위해 셀카를 찍었다. 카메라 액정 속의 얼굴은 내가 나인지 알아볼 수 없을 정도로 추했다. 혐오스러운 화장을 한 내가 무서웠다. 두 손으로 얼굴을 가렸다. 손바닥이 닳도록 얼굴을 문질렀다.

잠에서 깼을 때, 내 얼굴은 빨갛게 부어 있었다.

5

체육대회가 시작되자, 이상기후가 교실을 지배했다. 경쟁과 화합은 때때로 모든 것을 말려 버릴 듯이 뜨거워졌다가 토네이도처럼 휘몰아쳤고, 거대하게 부풀었다가 장마철 폭우처럼 침울해졌다.

"그래서 단체 안무 할 때는 전학생이니까 빼고, 계주할 때는 반 대표로 뛰게 하겠다고? 그건 아니지."

담임의 말이 끝나자마자 아이들이 항변했다.

"못 하는 애는 그냥 빼면 안 돼요?"

"맞아요. 사람마다 재능이 다르다면서요. 단체 안무든 단체 줄넘기든 못 하는 애는 그냥 빼요."

단체 줄넘기 이야기가 나오자 아이들이 나를 바라보았다. 내가 할 수 있는 게 아무것도 없었다. 그렇다고 가만히 있자니 불편한 마음을 견딜 수가 없었다. 나는 사인펜을 꺼냈다. 노트에 낙서하는 걸로는 성에 차지 않아 내 손톱 위에 낙서를 했다.

"단체 안무는 안 돼요. 그건 무리예요. 어떻게 동작을 다 외우고 맞춰요? 이미 대형 다 짰는데, 같이 하라는 건 그대로 게임 끝이에요. 2반한테는 지면 안 된단 말이에요."

"전학생 엄청 잘 뛰어요. 진짜 몽고마였다니까요. 우리 반 계주 1등할 거 같아요. 상금으로 삼겹살 파티 해요."

"삼겹살 파티야말로 체육대회의 진정한 결실이죠."

"2학년 전체를 발라 버리고 학교에 삼겹살 냄새로 우리의 존재감을 보여 줍시다."

저것들은 왜 삼겹살을 못 먹어서 난리인가.

"선생님! 안무는 빼고 계주는 하기로 다수결로 결정했어요."

반장이 나서서 다수결의 원칙을 씨불였다.

"그래, 너는 어떠니? 동의한 거지?"

선생님이 족제비털에게 물었다.

"저한테 그런 걸 물어본 적은 없는데요. 꼭 이겨야 한다고 하고, 그게 방법이라니까 뭐……."

"어? 그래? 그래서 너는 동의한다는 거야, 안 한다는 거야?"

"애들 말대로 해 보려고요. 제가 비난받을 이유가 없듯이 저도 아무도 비난하고 싶지 않거든요."

차가운 시선이 족제비털에게 향했고, 웃음을 참는 소리가 들렸다. 그런 진지한 말 하지 말고 그냥 웃어넘겨야 네가 덜 구겨진다고. 쿨한 척하면서 시원했던 적 한 번도 없었으면서, 그걸 족제비털에게 알려 주고 싶어 하다니, 내가 참 한심하다.

"근데요, 선생님. 삼겹살이 체육대회 우승 때만 먹을 수 있는 특별한 음식인가 봐요?"

족제비털이 맑은 표정을 지으며 말했을 때, 발가락에서부터 머리털까지 관통하며 우뚝 솟는 쾌감을 느꼈다. 그래, 그깟 삼겹살이 뭐라고 까고 지랄이냐. 나는 아무 말 못 했지만……족제비털은 이야기했다.

계주 결승전에서 족제비털은 결승 테이프를 코앞에 두고 넘어졌다. 그 녀석이 일어나려고 애쓰던 몸부림을 보았다. 떨리는 발목 근육의 고통을 보았고, 미간과 이마에 곤두선 핏줄의 안간힘까지 느꼈다. 족제비털의 발목이 파스칠로 회복될 수 없이 삐거덕거렸다는 것을 알면서 나는 내내 아무 말도 하지 못했다.

족제비털이 넘어질 때, 다른 아이가 말했다.

"저 새끼 뭐야? 저럴 거면서 왜 반 대표 계주를 한다고 했어?"

"그냥 나대는 거지, 뭐. 아, 쟤 몽골에서 전학 온 거 아니래. 회양중학교 다니는 내 친구의 친구가 쟤 거기 학생이었다고 그러던데?"

"뭐야, 거짓말까지 하네. 몽골에서 왔다며?"

"몽골이든 다른 학교든 상관없어. 넘어지는 몽고마가 어디

있냐?"

"근데 쟤 말이야, 게이래. 전에 학교에서 남자랑 키스하는 걸 누가 봤대."

"누가 봤대? 아, 더러워. 똥꼬충 새끼가 뭘 안다고 잘난 척 한 거야?"

"그래서 전학 왔나 봐? 차라리 진지충이 낫지, 극혐이야."

갑자기 온몸에서 열이 났다. 운동장의 모래가 데워지며 풍기는 쇳가루 냄새가 머리통을 쪼아 댔다.

말의 무게는 점점 무거워졌다. 그러니까 누가, 누가 봤는데? 죄책감은 아무도 느끼지 못했다. 그냥 들었다고 하면 그만이니까. 처음부터 실체는 없었다. 내 머리통을 헤집는 보이지 않는 실체가 두려웠다.

결국 족제비털은 체육선생님의 부축을 받으며 트랙 밖으로 나왔다. 족제비털이 트랙을 나오며 중얼거리는 입 모양이 방송부 캠코더에 찍혀 대형 스크린에 떠올랐다.

'으이씨, 삼겹살이고 뭐고.'

족제비털의 그림 같은 순간이 떠올랐다. 눈부시게 달리던 모습이 지금의 모습과 겹쳐져 웃음이 나왔다.

우리 반 단체 줄넘기 순서가 되었지만 나는 줄을 서지 않았다. 그까짓 삼겹살 때문에 내가 뛰어야 한다는 게 웃겼다.

"기권한다. 이런 거 나 안 한다고."

내 목소리가 이렇게 컸나? 나는 단체 줄넘기 촬영을 하려고 다가온 캠코더를 향해 열 개의 손톱을 세워 보였다. 손톱마다 그려 넣어 완성한 나의 메시지를 받아라!

U! Porkers!

이 돼지고기들아! 나는 삼겹살을 위해 아우성치는 '우리'를 벗어났다.

보건실 문을 열었다. 족제비털이 커튼 밖으로 고개를 내밀고 나를 봤다. 나도 그 녀석을 보았다. 족제비털 발목에는 얼음주머니가 놓여 있었다. 발목은 한눈에 봐도 많이 부어 있었다. 더 눈에 들어온 건 족제비털의 발톱이었다. 모노톤의 발톱이 반짝거렸다.

"발목 심하다. 병원 안 가냐?"

내가 병원에 함께 가겠다고 하자 보건선생님이 잘됐다며 족제비털의 발목에 붕대를 감았다. 족제비털이 몸을 일으켰다. 나는 그 녀석 곁으로 다가가 부축했다. 녀석이 내 어깨 위로 팔을 올렸다. 녀석의 겨드랑이 사이로 내 어깨가 블록처럼 들어맞았다. 부축하는 건 나인데 부축을 받는 것처럼 편안했다.

"나 때문에 졌다고 애들이 내 욕하지?"

"아니, 지금은 아마 나를 욕하고 있을 거야."

우리는 같이 교문 밖으로 향했다. 다른 세상을 찾아 떠나는 모험 같았다.

"애들이 나보고 몽고마라고 했지? 근데 몽고마에게는 원래 스피드가 중요하지 않아. 초원이든 사막이든, 아무리 달리고 달려도 끝이 없거든. 말은 그냥 어딘가를 향해 달릴 뿐이야. 같은 방향으로 향하는 말이 없는데, 누가 빠르고 느린지 어떻게 알겠어?"

"저 돼지고기들, 처음부터 잘못짚었다는 얘기네."

족제비털이 나를 보고 웃었다.

"우리 엄마는 나를 추길이라고 불러. 어추길. 너도 그렇게 부를래?"

족제비털 아니, 추길이의 눈이 반짝반짝 빛났다.

"난······ 모상형이야."

코덕부티도, 모상형도 모두 '나'다.

"센비노*, 모상형."

─────────

*센비노: '안녕'이라는 뜻의 몽골어.

족제비털이 내 이름을 부르는 순간, 민트향이 났다. 족제비털의 발목에 뿌린 파스 때문이었다. 코를 마비시키는 강렬한 냄새가 왜 족제비털에게는 은은한 민트향으로 나는 걸까? 좋은 냄새라고 생각하자, 흙냄새가 떠올랐다. 족제비털이 갖고 있는 여러 가지 모습들이 한데 어우러지면서 나는 그런 흙냄새.

"센비노, 어추길."

처음 듣는 말이었지만 무슨 뜻인지 알 것 같았다.

우리는 길을 건넜다. 병원 간판의 초록 불빛이 보였다. 그곳이 우리의 목적지였을까? 추길이는 내 어깨를 부목 삼아 기댄 채 걸었다. 길가 어느 식당에서 풍기는 삼겹살 냄새가 구수했다. 우리는 냄새가 나는 쪽을 향하여 방향을 돌렸다.

벌레를 밟았다

1

오랫동안 비가 내리지 않았다. 눅눅한 물방울이 공기 속에 가
득했다. 대기를 채운 습기는 비로 폭발하지 못해 날마다 거대해
졌다. 견디기 힘든 여름밤이었다. 숨이 막혀 참을 수 없는 지경
이 되면 나는 그곳으로 향했다. 그곳은 시원했고 짜릿했다.

'잘 뽑는 척 뽑기방'에 있는 11번 기계는 돌기둥에 가려져 따
로 구석에 놓여 있었다. 11번 기계에는 도라에몽도 피카츄도
없었다. 귀엽지도 않고 이름도 없는 인형들이 유리 상자 안을
채우고 있었지만 나는 11번 기계가 좋았다. 지폐를 넣으면 조
명을 밝히며 기계음을 내는 모습이 꼭 나를 위해서만 살아 있

어 주는 듯했다.

첫 번째 시도를 했다. 건질 것은 대번에 눈에 띈다. 그것은 내가 아닌 누구의 손에라도 들어갈 공공의 타깃이다. 타깃을 바로 노리기보다 탑을 쌓고 일타이피를 노리는 스킬을 쓰기로 했다. 먼저 바깥쪽 인형을 향해 갈고리를 내렸다. 인형은 갈고리에 실려 떠오르다 공공의 타깃 위로 떨어졌다. 의도된 실패다. 곧바로 다음 타깃을 향해 조이스틱을 조절했다. 집중력이 절실하게 필요한 순간이다. 그러나 계획대로 되지 않았다. 맥없이 추락하는 갈고리와 함께 두 번의 기회가 사라졌고, 마지막 기회만 남았다. 다시 집중해서 스틱을 흔들었고 조준은 정확했다. 인형이 구르는 소리가 났다. 뽑은 인형을 직접 손에 쥘 때보다 더 흥분되는 소리였다. 심장이 터질 것처럼 두근거렸다.

새하얀 토끼 인형이었다. 토끼 머리 위로 까만 줄기 같은 것이 흐느적거렸다. 벌레였다. 인형을 세게 흔들었지만 벌레는 꿈쩍도 하지 않았다. 벌레의 머리엔 두 개의 뿔이 아래를 향해 송곳니처럼 매달려 있었고, 구슬처럼 붙어 있는 눈알은 아무것도 볼 수 없을 것처럼 까맣기만 했다. 더듬이는 새우의 수염처럼 길었고, 검지와 중지를 붙인 것만큼 굵은 몸통은 튼실했다. 다시 온 힘을 다해 인형을 흔들었다. 벌레는 달아나지 않았다. 오히려 토끼 귀를 뭉개며 내게 가까이 왔다. 벌레는 나를 감지하고 있었다. 나를 알고 있는 거야? 그래서 뭐 어쩌겠다고.

나는 토끼 인형에 붙은 벌레와 함께 집으로 돌아왔다.

신발장 안에서 빈 신발 상자를 찾았다. 나는 방으로 들어와 상자 안에 토끼 인형을 가만히 내려놓았다. 벌레가 토끼 얼굴에서 내려와 더듬이에 시동을 걸고 탐색을 시작했다. 긴 다리, 긴 더듬이, 갈색 줄무늬, 아무렇지 않은 것들의 조합이 징그러웠다.

"징그러워."

벌레의 더듬이가 내 목소리를 감지한 듯 잠시 멈추었다. 뿔처럼 생긴 이빨이 움직였다. 목도 없으면서 목소리를 내려는 것처럼 보였다. 무슨 말이 하고 싶은데? 나는 일부러 벌레를 향해 아빠라 불러 보았다. 같이 집에 있을 때에도 부르지 않았으면서.

"아빠."

벌레를 보며 아빠라고 불렀을 뿐인데 기분이 이상했다. 아빠가 진짜 벌레라도 된 것 같았다. 벌레의 더듬이 앞으로 바짝 다가갔다. 벌레는 물러서지 않고 그대로 있었다. 더듬이가 위아래를 찌르며 움직였다. 벌레에게 먹이를 주어야겠다는 생각이 들었다.

냉장고 안에서 자두를 꺼내 조각낸 다음 신발 상자에 넣었다. 벌레는 오래 고민하지 않았다. 곪고 물러 터진 자두 조각에 벌레가 달라붙었다. 아빠는 덜 익은 과일에서 나는 시큼한 맛을 좋아했다. 여물지 않은 천도복숭아, 풋사과, 초록빛이 묻어 있는 자두. 나는 자두가 싫었다. 벌레는 송곳니같이 생긴 뿔을 빨대처럼 갖다 대고 떨림과 쉼을 반복했다. 오랫동안 자두를 붙들고 있었는데 자두 조각은 크게 달라진 게 없었다. 겉은 멀쩡하게 두고 속엣것을 빨아내는 벌레의 속성이 저열하게 느껴졌다.

아빠가 젓가락질을 하는 모습이 떠올랐다. 아빠는 조용히 젓가락질을 하다가 한번씩 내던졌다. 젓가락은 무기였다. 엊그제 아빠가 던진 젓가락이 찌개를 들고 오는 엄마의 발등을 찍었다. 엄마는 찌개를 떨어뜨렸고 발등을 데였다. 분명 나 때문에 벌어진 일인데 엄마가 다쳤다.

부엌에서 젓가락을 가지고 방으로 들어왔다. 상자 구석진 곳에 있는 벌레를 젓가락으로 건드리자 여섯 개의 다리가 바동거리며 제각각 움직였다. 실쭉거리는 더듬이를 보는 것보다 재미있었다. 벌레가 젓가락을 피해 도망을 갔다. 상자 벽을 타고 밖으로 나가려고 애썼다. 그래 봤자 도망칠 곳도 숨을 곳도 상자 안이 전부였다. 상자 끄트머리까지 올라온 벌레를 젓가락으로 건드렸다. 벌레는 바닥에 등을 찍고 뒤집어져 정신없이 다리를 흔들었다. 안간힘을 쓰던 벌레가 별안간 움직임을 멈추었다. 이렇게 빨리 죽을 리 없다고 생각하면서도 정말로 죽은 것은 아닐까 복잡한 마음으로 벌레를 보았다. 그때 갑자기 한참을 움직이지 않던 벌레가 한순간에 더듬이를 가동하더니 긴 다리 가운데를 접으며 몸을 뒤집었다.

'죽은 줄 알았지? 나 살아 있어.'

벌레가 나를 조롱하는 것 같았다. 나는 젓가락으로 벌레 다리를 찍어 버렸다. 상자 바닥에 구멍이 뚫렸다. 한쪽 다리가 뜯겨 나간 벌레가 진동벨처럼 몸을 떨었다.

내가 아무리 잔인해진다 해도 너만큼은 아니야.

2

전학을 가게 되었다. 전학 서류를 처리하고 교무실을 나와 조용한 곳을 찾았다. 엎드려 시간을 보내기 좋은 곳은 보통 건물의 끝, 잠긴 옥상으로 향하는 계단 앞이다. 그런데 이 학교는 계단 끝에 닫힌 철문이 아닌 깨끗한 유리문이 있었다. 문을 열었다. 열린 문 앞으로 붉은 카펫이 오르막길을 향해 펼쳐져 있었다. 카펫을 밟았다. 카펫은 내 발걸음을 따라 나오는 자그마한 소리를 삼키며 끝까지 이어졌다. 반 층 정도 올라가자 사방이 넓어지며 밝아졌다. 빽빽한 책꽂이와 넓은 책상을 둘러싸고 있는 건물 외벽은 투명한 유리였다. 커다란 유리 상자 같은 그곳을 바쁘게 오가며 책을 나르는 여자가 눈에 들어왔다. 여자도 나를 보았다.

"여기가 어디예요?"

바보 같은 질문이다. 그러나 오늘 생숭중학교에 처음 왔고, 게다가 유리 상자 같은 곳에 들어왔으니 묻지 않을 수 없었다.

"우리 학교 도서관이 엉뚱한 곳에 있기는 해도 어딘지 알 수 있을 만큼 책은 충분하다고 생각하는데."

아, 도서관. 그럼 저 여자는 도서관을 지키는 선생님인가?

"지금 수업 시간 아니니? 이제 교실로 돌아가."

"수, 수업 시간 아니에요. 저 내일부터 오는 거라고……."

"뭐? 왜?"

"오늘은 전학 서류만 내면 된다고 했어요. 여기 담임이 내일부터 오랬어요. 정말이에요."

내가 말하면 사실도 변명 같아지고, 그러다 보면 곧 거짓말 같이 되고 말았다. '정말'이라는 말을 내뱉고는 나도 모르게 팔로 얼굴을 가리고 몸을 구겼다.

아빠는 내가 진짜라고 정말이라고 말할 때마다 허리띠를 풀었다. 얼굴을 가리면 아빠는 드러난 옆구리를 허리띠로 내리쳤다. 이후로는 어디를 맞았는지 알 수 없었다. 여기저기에서 터져 나오는 통증은 몸 전체를 찜질하듯 뒤덮었다. 맞으면 맞을수록 내 몸은 딱딱하게 경직되었고, 그럴 때면 나는 온몸의 고통으로부터 벗어나려고 눈을 감았다. 통증을 감각하는 대신 블랙홀을 생각했다. 블랙홀 속으로 들어가 빙빙 돌다 보면 나도 함께 깜깜해졌다. 그러면 나도 나를 찾을 수 없게 되었다. 영혼이 다시 내 몸속으로 찾아 들어올 때면 이불 위에 누워 있는 나와, 그런 나를 보면서 울고 있는 엄마의 모습이 텔레비전 화면처럼 눈에 들어왔다. 그러나 매번 그런 시도가 성공했던 것은 아니다. 눈을 감으면 나까지도 사라졌지만, 청각은 아니었다. 오히려 더 예민하고 날카롭게 내가 살아 있음을 알렸다. 허리띠가 공기를 가르며 내는 소리는 고막을 찢는 것처럼 끔찍했다. 소가죽과 살가죽이 부딪치며 내는 분명한 소리가 차라리 나았다.

"괜찮아?"

도서관 선생님의 목소리가 들렸다. 얼굴을 가리고 있던 팔을 풀었다.

"아, 네…… 괜찮아요."

선생님은 다시 일벌처럼 돌아다녔다. 도서관 바닥에는 책이 탑처럼 쌓여 여러 개의 기둥을 만들고 있었다. 선생님은 책 꾸러미를 힘겹게 들어 책상 위에 올렸다. 묶인 노끈을 끊어 내고 다시 여기저기에 책을 펼쳤다.

"그러면, 나 좀 도와줄래?"

선생님처럼 책 꾸러미를 옮기고, 스탬프를 찍고 라벨 위에 테이프를 붙이는 작업을 반복했다.

"도와줘서 고마워."

"근데 저기……. 저 책 한 권만 주시면 안 될까요?"

책에는 흥미를 느끼지 못했다. 그렇다고 노동의 대가를 바라고 한 말도 아니었다. 그러니까 내가 왜 책을 달라고 했는지 나도 사실 좀 놀랐다.

"어? 달라고? 빌리는 게 아니고? 당장 줄 수 있는 책은……."

선생님이 다른 쪽 테이블 위에 쌓인 책 몇 권을 훑어보더니, 한 권의 책을 들고 왔다. 선생님이 들고 있는 책은 겉표지가 뜯어지고 모서리마다 접혀 있었다. 책등의 반대쪽은 시커멓게 변해 있었다. 한눈에 봐도 오래되었고, 여러 손을 타며 닳고, 때로는 함부로 다뤄져 곧 버려질 책으로 보였다.

선생님이 서랍을 열었다. 서랍 속에서 커다란 테이프와 가위, 본드를 꺼냈다. 그러고는 책을 만지기 시작했다. 접힌 곳을 펴고, 찢긴 부분에는 테이프를 붙였다. 책을 양손에 대고 여러 방향으로 돌리며 토닥거렸다. 속이 비어져 나와 자리를 잡지 못했던 낱장들이 제자리를 찾았다. 삐죽이 튀어나와 낯선 선을 이룬 부분들도 가지런하게 자리를 잡았다. 선생님은 본드를 바른 헝겊을 책등에 대고 낱장들이 떠돌지 않도록 고정했다. 책등을 지그시 누르는 선생님의 손길이 조심스러웠다. '생숭중학교 도서관'이라고 찍힌 바코드를 제거하고 겉표지를 덮는 커다란 크기의 투명 테이프를 붙였다. 훼손된 흔적들이 사라진 것은 아니었지만 책은 그 자체로 반짝거렸다.

그리고 내가 보고 있는 모든 장면이 나를 가슴 뛰게 했다. 인형 뽑기를 할 때도 이보다 떨리지는 않았다. 심장이 들락날락거리는 바람에 호흡이 가빴다. 한번씩 온몸이 뜨거워졌다. 뜨거운 것이 목구멍을 타고 몇 번이나 올라와서 마른침을 여러 번 삼켰다.

"사실 이거 너무 훼손되어서 폐기할 책이거든. 근데 지금 줄 수 있는 책은 이것뿐이라서."

선생님이 건넨 책을 받았다. '변신'이라는 책 이름처럼 변신한 책이었다. 마음에 들었다. 훼손되어서 폐기할 책이 되살아났다.

"감사합니다."

뽑기 인형을 주울 때보다 열 배는 정성스러운 마음으로 허리를 굽혀 인사를 했다.

"어? 손 줘 봐."

선생님이 내 손을 잡았다. 부드러운 손길이었다.

"쓰라릴 텐데, 두 군데나 이렇게 됐네."

책을 나르고 펼치다가 손가락을 스치는 종이의 날카로움을 느꼈었다.

선생님은 서랍에서 반창고 두 개를 꺼냈다.

"괜찮아요. 안 아파요. 베인 줄도 몰랐어요."

"종이에 베인 상처가 얼마나 쓰라린데."

베인 상처 위로 옅은 핏물이 고여 있었다. 옷소매가 올라가면서 팔목을 물들인 멍 자국이 드러났다. 맞지 않으려고 가릴 때마다 팔목에는 오히려 빠짐없이 흔적이 남았다. 긴소매를 입어야 가릴 수 있었다. 선생님이 다시 내 손을 잡았다. 나는 그 손을 뿌리쳤다. 서둘러 도서관을 나왔다. 어디로 향하는지도 모른 채 나는 달리고 있었다.

그러다 멈춘 곳은 다시 도서관 앞이었다.

'생生도서관.'

아무것도 사라지지 않고 그대로 있었다. 『변신』도 내 손에 그대로 들려 있었다.

어느 날 아침 불안한 기분으로 잠에서 깨어난 그레고르 잠자는 자신

이 흉측스런 벌레로 변해 버린 것을 발견했다.

벌레로 변한 사람이라니. 신발 상자 속 벌레가 벌레가 아닐 수도 있을까? 떨리는 마음으로 마지막 장까지 읽었다.

아빠가 떠올랐다. 아빠는 벌레일까? '예스'라고 하기에는 비현실적이고 '노'라고 하기에는 현실적이다.

그레고르의 가족은 그레고르가 벌레로 변했다는 것을 알았다. 징그러운 벌레이기 때문에 가족은 그를 벌레로 대한다. 당연하다. 벌레니까. 그레고르는 존재 자체로 어머니를 놀라게 했다. 아버지는 그레고르가 어머니를 놀라게 했다는 이유로 사과를 던졌고, 던진 사과는 그레고르의 등짝에 박혔다. 그레고르는 썩은 사과와 함께 죽어야 했다.

나는 벌레를 죽이지 않을 것이다. 누군가를 위해서가 아니다. 내가 벌레가 되지 않기 위해서다.

3

다행인 건지 전학 온 날은 방학식을 하는 날이었다. 애들의 관심은 방학식에 있었고 내 마음은 온통 생도서관에 있었다. 수업을 마치자마자 도서관으로 향했다.

선생님은 '대출'과 '반납' 팻말 아래에 앉아 컴퓨터 모니터를 응시하고 있었다. 나는 할 일 없이 책장 사이를 오갔다.

"대출증 없지?"

"그거 없으면 여기 못 오나요?"

"너 어제도 왔고, 오늘도 왔잖아. 오히려 멀다고 애들이 잘 안 와서 아쉽지. 우리 도서관이 좀 특별해. 동네가 재개발되고 아파트가 들어서면서 교실이 부족해서 교실 아닌 것도 교실로 만들고 도서관 만들 공간도 없어서 옥상에 새로 건물을 올렸거든."

선생님이 웃으며 말했다.

"이름이 뭐야?"

"이…… 충휘요. 충휘."

"충휘. 동그란 이름이네."

동그란 이름은 뭘까? 애들은 나를 그냥 충, 벌레, 이렇게 불렀다.

"충휘, 몇 학년 몇 반?"

선생님이 다시 나를 불렀다. 선생님 입술이 동그랗게 모아졌다. 휘파람처럼 가벼운 공기가 콧속으로 들어오는 것 같았다. 웃음이 나올 것 같아 얼른 고개를 숙였다. 나는 충휘가 맞는데 나를 '충휘'라고 부르는 선생님의 목소리를 들으니 내가 다르게 느껴졌다.

"2학년 3반이에요."

"선생님이 임시로 대출증 만들어 줄게. 어제 도와준 거 고마워서 해 주는 거다. 사실 임시 대출증이란 건 없거든."

선생님이 책상 서랍을 열었다. 서랍을 보니까 어제의 가슴 떨렸던 순간이 떠올랐다. 서랍이 열리면 폐기될 책도 살아나고, 특별한 대출증도 생겨났다. 선생님이 '특별 대출증'이라고 적힌 카드를 건넸다.

"충휘는 새 아파트로 이사하면서 전학 오게 된 거니?"

전학 온 학교는 우리 집에서 버스를 한 번 갈아타야 올 수 있었다. 나는 거리와 상관없이 어디든 가야만 했다. 강제 전학이었기 때문이다.

"아니요……."

도서관 선생님한테 거짓말을 하고 싶지는 않았다. 숨기고 싶은 일이지만.

열흘 전, 나는 은규의 팔을 부러뜨렸다.

아빠의 군 복무지가 바뀔 때마다 우리는 이사를 다녔다. 초등학교 때부터 지금까지 여섯 번 이사를 했다. 아빠 때문이든 나 때문이든, 전학은 한 번도 내가 선택한 일이 아니었다. 그러나 친구를 사귀지 않겠다는 것은 오로지 나의 선택이었다. 가만히 시간을 보내는 것이 내가 바라는 학교생활이었다. 어렵지 않은 목표였다. 목표를 위해 모양이 빠질 일도 없었다. 친구를 사귀기 위해 안간힘을 쓰고, 잘 지내려고 버둥거리는 꼴이 오히려 우스웠다.

내가 전학 온 첫날부터 은규는 나를 건드렸다. 내 책을 찢어 창밖으로 던졌다. 화장실 칸막이 너머로 물을 뿌렸다. 내 필통을 걸레통에서 발견했을 때는 그냥 내 것이 아닌 셈 치면 되었다. 나를 넘어뜨리고 목을 세게 졸라 정신이 아뜩해질 때도 은규는 기절놀이가 재밌지 않느냐고 물었다. 그저 그런 장난이라 생각하니 그렇게까지 불쾌한 기분도 들지 않았다.

그런데 닫힌 옥상 문 앞, 내 계단참 자리까지는 찾아오지 말았어야 했다.

"아주 박살을 내버려야 해."

은규가 하는 휴대전화 게임 화면의 불빛이 어두운 곳을 공격하는 레이저처럼 날카롭게 파고들었다. 나는 돌아누워 벽을 바라보았다. 거미 한 마리가 벽을 타고 기어오르고 있었다. 거미줄을 만들지 못하는 거미였다. 어디로 갈까, 머물 곳을 만들지 못하는 거미는. 이 구석 자리마저 빼앗겨 버린 나는 이제 어디로 가야 할까?

"아이, 시시해. 충! 심심하지 않냐? 하긴 네가 뭐 그런 감정

이나 느끼겠냐? 근데 그래서 네가 재밌어. 이렇게 발로 밟을
수 있고."

은규가 발로 내 등을 밟았다. 나는 자리에서 일어났다.

"내가 몇 대 때린다고 더 아플 것도 없잖아. 이미 처맞고 사
는 꼴이 달라질 게 있냐?"

은규는 알고 있었다. 내가 공포에 익숙할 거라고. 그래서 자
신의 모든 행동은 장난처럼 가벼울 것이라 여기며 죄책감 같은
건, 느끼지 못했을 것이다.

"겨우, 그거였냐?"

날 괴롭힌 이유를 알고 나니 모멸감이 치밀어 올랐다.

"재밌잖아. 건드릴 때마다 꿈틀거리는 벌레 같아, 너."

은규가 웃었다. 징그러웠다. 죽여 버리고 싶을 만큼 강한 분
노가 치밀었다. 은규의 얼굴을 향해 주먹질을 했다. 망가져서
삐죽하게 튀어나온 계단 난간의 손잡이를 부쉈다. 무기를 만들
었다. 은규가 팔로 얼굴을 가렸다. 계속 그렇게 웃을 수 있는지
은규의 얼굴이 궁금했다. 은규의 팔을 내리쳤다. 은규가 괴성
을 지르며 쓰러졌다.

'얼굴을 보여 달란 말이야.'

은규는 계속해서 괴성을 질렀다. 은규가 내는 쇳소리에 고막
이 터질 것 같았다. 주저앉아 귀를 막았다. 소리는 계속해서 내

고막을 파고들었다. 내 귀에서도 피가 나는 걸까? '팅' 하고 찢어지는 소리와 함께 모든 것이 깜깜해졌다.

다리에 힘이 풀려 책상에 몸을 기댔다.

"아…… 그래, 강제 전학. 강제라는 말 참 세다. 거칠기도 하고. 잘못은 분명 했겠지만 전부 다 너의 잘못인 걸로 생각하면서 너무 자책하지는 마라. 너에게도 뭔가 이유가 있었겠지. 물론 그 이유가 모든 걸 정당화할 순 없겠지만 말이야."

선생님이 "충휘야" 하고 동그랗게 나를 부르며 말했다. 희미한 휘파람 소리가 내 귀로 들려왔다.

"오늘도 선생님 좀 도와줄래?"

만지작거리던 대출증을 바지 주머니 속에 넣고 선생님 뒤를 따랐다.

책 한 권이 제자리를 찾는 게 쉬운 일이 아니었다. 기억해야 할 것도 많았고 꽤 많은 걸음을 걸어야 했다. 그런데 자꾸 관심이 가는 것은 어제 건네받은 책처럼 폐기될 책이었다. 제자리마저 잃고 널브러진 책들. 『변신』을 손에 건네받았을 때 느꼈던 감정을 또 느끼고 싶었다. 어제의 느낌을 분명히 기억할 수 있었다. 그 책이 왜 이런 감정을 느끼게 했는지 모르겠다. 다시 폐기될 책을 가진다면 알 수 있을까?

"선생님, 저 어제처럼 그런 책 한 권 더 주실 수 없나요?"

"응? 난 어제 그 책 주고 미안했는데. 신간 도서도 많이 들어왔으니까 새 책으로 빌려 봐."

나는 책상 위에 놓인 책들 중, 제목도 없이 벌거벗은 알맹이를 집어 들었다. 책을 집어 들자, 곪은 속들이 비어져 나와 도서관 바닥으로 흩어졌다.

나는 벌거벗은 채, 베란다 구석에 서 있었다. 아빠가 베란다 문을 열었다. 따뜻한 거실로 이어지는 문이었는데도 아빠가 들어온 길로 차가운 바람이 불어왔다. 아빠가 내 어깨를 밀어 눕혔다. 자전거가 내 몸을 눌렀다. 네발자전거의 뒷바퀴 홈으로 발목 살이 끼어 들어갔다. 앞바퀴에 밟힌 가슴이 녹아 버리는 것 같았다. 갈비뼈를 누르는 고통. 그때 얼마나 아팠는지를 어떻게 설명해야 하는지 모른다. 그러고 보면 몸의 고통은 아무 것도 아니란 생각이 든다. 그때의 기억은 통증으로 되살아나는 것이 아니라 금방이라도 나올 것 같은 오줌을 참으며 견뎠던 아슬함이었다.

갖고 싶다. 가지고 싶다는 마음을 억누르고 싶지 않다.

"가져갈 수 있다면, 전 괜찮아요."

"이런……. 어제 베인 곳에 반창고도 안 붙였네."

나는 책을 쥐었던 손을 고쳐 들면서 후드 티셔츠의 소매를 끌어내렸다.

은규에게 상처를 들켰다는 것만으로도 참기 어려웠다. 맞는 것을 당연한 것처럼 여겼던 몸뚱이였다. 그렇다고 맞는 것까지 익숙해지지는 않았다. 고통과 두려움은 점점 더 자라났다. 은규를 그 지경이 되도록 팼던 나를 이해할 수가 없었다. '학폭위'로 가기 전, 학교 상담선생님과 면담이 있었다. 상담선생님이 건넨 종이컵 안에는 알갱이로 가득 찬 알로에 주스가 들어 있었다. 나는 알갱이의 수를 헤아렸다. 아무리 집중해도 부유하는 알갱이 수는 셀 때마다 달라졌다. 나는 은규에 대해서 어떤 말도 하지 않았다. 나에 대해서도 아무 말도 할 수 없었다. 그러자 내가 은규의 얼굴을 때리고 도구를 써서 팔을 부러뜨렸다는 사실만이 남았다. 침묵할수록 폭력의 흔적만 선명하게 드러났다.

"그 책이면 돼요. 그냥 갖고 싶어요."

"알았어. 그럼 이것도 가져가."

선생님이 반창고 두 개를 내밀었다. 아프지 않다고, 괜찮다고 말하지 않았다. 이름을 잃은 책과 반창고를 들고 뒤돌아섰다. 나는 어느 곳에도 숨을 수 없었다. 그저 내게 새겨진 폭력의 흔적만이라도 숨기고 싶었다.

4

침대 밑에서 상자를 꺼냈다. 상자 안은 벌레에게 어울리는 공간으로 변해 있었다. 환기도 되지 않는 상자 안에서 역겨운 냄새가 훅 끼쳤다. 벌레에게서 나온 것인지 자두의 즙인지 알 수 없는 점액질로 상자 곳곳이 거뭇했다. 어쩔 수 없는 벌레였다. 아빠가 나타나면 어느 곳이든 아빠의 공간으로 바뀌었다. 아빠가 없을 때에도 아빠의 존재를 떨쳐 낼 수 없으니 언제나 우리 집은 아빠의 공간이었다.

상자 안에 둔 젓가락을 다시 들어 벌레를 찔렀다. 벌레가 도망쳤다. 젓가락으로 벌레를 좇았다. 도망치는 벌레의 동작이 눈에 띄게 느려졌다. 몇 번 더 건드리자 벌레는 죽은 척 움직이지 않았다. 더러운 신발 상자를 통째로 태워 없애 버리고 싶은 충동을 느꼈다. 부엌에서 라이터를 찾아 방으로 들어왔다.

"충휘야."

엄마가 방문을 열었다. 침대 아래로 상자를 밀어 넣었다. 엄마는 아빠가 훈련을 가고 없으면 한번씩 산에 갔다. 엄마는 산에 갈 때면 꼭 내게 말했다. 연락이 잘 되지 않아도 걱정하지 말라고. 그 말은 어떤 연락도 받고 싶지 않다는 뜻으로 들렸다.

아무도 찾을 수 없는 깊은 산속에서 엄마는 혼자만의 시간을 보내곤 했다.

양말도 제대로 못 신고 습윤밴드를 붙인 엄마의 한쪽 발등이 눈에 들어왔다.

"우리가 조금만 참으면 돼. 그러니 아빠 너무 미워하지 마."

엄마는 아빠를 미워하지 말라고 강요했다. 아빠는 강직한 사람이란다. 술만 마시면 가족을 때리는 알코올 중독자와는 다르다고 말했다. 단지 아빠는 원칙에서 벗어나는 것을 싫어할 뿐이라고 말했다. 느닷없이 들이닥치는 폭력에도 아빠는 원칙이라고 말했다. 내가 할 수 있는 건 눈에 띄지 않기 위해 벌레처럼 숨죽이는 일이었다.

라이터를 켰다. 벌레 가까이 불을 가져갔다. 더듬이에 작은 불씨가 옮겨붙었다. 더듬이가 타들어 가는 소리가 났다. 요란한 몸부림에 벌레의 고통이 보이는 것 같았다. 벌레의 두려움이 느껴졌다. 겁이 났다. 나도 이렇게 무서운데. 벌레의 고통을 보는 것만으로도 숨이 막힐 것 같은데. 더듬이에 붙은 불을 손으로 눌러 껐다.

왜 우리는 폭력에 익숙해져서 그것이 폭력인지도 모르게 되었을까. 왜 아빠는, 왜 나는.

현관문이 열리는 소리가 났다. 아빠가 돌아왔다. 나는 갑작스러운 아빠의 등장에 허둥거렸다. 아빠는 엄마를 찾았고, 나는 변명했다.

"잠깐 나갔어요. 마, 마트요. 금방 오실 거예요."

사실대로 말한다면, 다녀와서 엄마가 맞게 될 것이다.

"거짓말하지 말라고 했지? 그 글러 먹은 인성은 언제쯤 변하는 거냐?"

아빠가 나에게 변하라고 말한다. 정말, 변하고 싶다. 문득 『변신』의 마지막 장면이 떠올랐다. 어떻게 도망쳐야 할까를 생각해야 하는데 왜 전차가 떠오르는지. 그레고르의 가족이 새로운 곳을 향해 올라탄 전차가 왜 궁금해지는지. 그곳의 날씨, 목적지를 향해 달리는 전차의 속도, 전차를 탄 여동생의 표정, 모든 것이 궁금하다. 그러나 내가 알고 있는 곳은 여기였다. 끈적거리는 대기가 무겁게 내려앉으며 두려움으로 거대해지는 곳.

"내가 말했지? 그렇게 눈알 굴리면서 눈치 보지 말라고. 멍청해 보인다고 몇 번을 말해야 알겠어?"

아빠가 내 등짝을 향해 주먹을 꽂았다.

"어깨 펴. 당당하게 어깨 펴라고. 그 꼴이 뭐냐, 멍청한 새끼처럼."

아빠 목소리가 점점 높아졌다. 화를 내다 보면 무엇 때문에 화냈는지도 잊고 멍청이 같은 나를 패 주려는 목적만 남는다.

아빠 손이 허리춤으로 향했다. 무기처럼 뽑아 든 벨트를 휘둘렀다. 공기를 찢어 내는 것 같은 파열음이 고막에 닿았다. 나는 아빠를 힘껏 밀쳤다. 아빠를 밀치는 순간, 전차 문이 활짝 열릴 때 일어나는 바람을 떠올렸다.

"제발, 그만하세요."

온 힘을 다해 소리를 냈다. 아빠가 벽 모서리에 어깨를 부딪히며 주저앉아 신음했다. 아빠가 쓰러진 모습이 보였다. 달리는 전차가 만들어 내는 바람을 떠올렸다. 그곳은 적당하게 마른 공기 사이로 선선한 바람이 불지 않을까? 어쩌면 어딘가에서 전차가 나를 기다리고 있을지도 몰라. 나는 아빠로부터 도망쳤다.

5

처음 있는 일이었다. 나는 한 번도 상자 밖을 벗어나지 않았었다. 숨는 곳은 언제나 내 방이었다. 바깥에서 인기척이 들려올 때면 문에 책상 의자를 붙이고 긴장한 몸으로 기대앉았다.

무작정 전철을 탔다. 전철 안에서 엄마에게 문자를 보냈다. 종착역에서 나는 다시 어딘가로 향하는 전철을 기다렸다. 더는 전철을 기다릴 수 없게 되었을 때, 마지막 전철과 함께 처음의 자리로 돌아왔다. 집 밖이 집 안보다 나았지만 돌아갔다.

집 안의 공기는 적막했다. 도서관에서 가져온 책이 생각나서 위안이 되었다. 어차피 갈 곳이 없어 돌아올 수밖에 없었으면서, 책을 보려고 내 스스로 내린 결정인 듯 올 수 있었다.

방 안의 공기는 밤이 되어도 식지 않았다. 더위에 젖은 몸이 축축하게 처졌다. 한참이 지나 엄마가 문을 두드렸다. 괜찮냐고 물었다. 나는 아무 말도 하지 않았다. 앞으로도 괜찮다고 대답하지 않을 것이다. 괜찮다는 말로 우리는 서로 속여 왔다는 걸 알았다.

책을 펼쳤다. 갖고 싶은 마음을 참을 수 없어서 떼를 쓰듯이 가져온 책이었다. 제목도 목차도 없었다. 내용도 잃어 무엇을 이야기하는지 알 수 없는 책이었다. 온전한 것이 하나도 없었다. 알맹이가 제대로 차 있지 않은 책은 균형을 잃었고, 곧 무너져 내릴 것 같은 위기를 느끼게 했다. 내가 왜 이 책을 원했을까? 이리저리 만져 보아도, 읽을 수 있는 페이지 몇 장을 읽어 보아도 『변신』을 받았을 때처럼 가슴이 뛰지 않았다. 내가 원한 것은 이렇게 망가져서 버려야 하는 책이 아니라는 걸 알았다.

어둠이 물러났기 때문에 새벽이 찾아온 걸까? 아니면 새벽이 어둠을 몰아낸 걸까? 신발 상자와 몸뚱이만 남은 책을 옆구리에 끼고 집을 나섰다. 집 근처 공원으로 갔다. 비가 내리지 않아서 말라 있을 줄 알았는데 밤사이 내린 이슬을 맞아 풀들이 생기가 있었다. 풀숲에 상자를 내려놓고 뚜껑을 열었다. 벌레가 죽은 것처럼 움직이지 않았다. 더듬이도 없고 한쪽 다리도 없는 벌레의 몸통은 속 빈 박제처럼 건조했다. 풀을 건드렸다. 풀잎에 맺혀 있던 촉촉한 이슬방울이 상자 위로, 썩은 자두 위로, 벌레 위로 떨어졌다. 벌레의 몸 위로 물방울이 떨어지자 벌레는 움직였다.

나, 살아 있어.

더듬이를 잃어 제 갈 길이 어디인지 알 수 없겠지. 그래도 벌레는 조금씩 움직이며 어딘가를 향해 몸을 돌렸다. 벌레가 풀숲으로 향하도록 상자를 기울였다. 이슬이 내린 풀숲이 선명하게 빛났다. 새벽빛에 잠이 깬 매미 떼의 울음소리가 점점 크게 들려왔다.

주머니에 손을 넣어 반창고를 꺼냈다. 까만 그을음이 묻은 손끝이 아직 빨갰다. 반창고에 붙은 필름을 뗐다. 손끝으로 가져가려는데 반창고끼리 붙어 버렸다. 이것도 혼자 못 붙이는 꼴이 우스워 웃음이 나왔다.

초록 잎들이 흔들렸다. 잎 사이로 햇빛이 쏟아져 내렸다. 조용한 바람이 불었다. 나는 걸음을 옮겼다. 아침이 되면 도서관문이 열릴 것이다. 쏟아진 종잇장을 모으고 잃어버린 것을 찾아 반짝이는 테이프를 붙여야지. 어떤 이야기가 시작될까? 변신한 책은 누구의 이야기일까? 어디선가 옅은 휘파람 소리가 들려왔다.

리얼 메리 크리스마스

1

"호박에 줄 좀 긋는다고 수박 되냐? 거울 닳는다, 닳아."

아빠가 실없이 농담을 한다. 나는 거울을 툭 내려놓았다. 확 질러 버리고 싶은데 참고 있으려니 어딘지 모르게 간지러운 느낌까지 들었다. 그러나 참아야 하느니라.

집 안이 한약 달이는 냄새로 가득 찼다. 곱창 때문이다.

"선우야, 이리 와서 맛 좀 봐 봐."

아빠가 곱창을 잘라 내밀었다. 작게 조각을 냈어도 타고난 웨이브를 감추지 못하고 고불거리는 자태를 드러냈다.

"신상이야. 한방 곱창, 어때? 대박 예감이지?"

곱창을 씹자 누린내가 풍겨 왔다. 아빠는 긴장된 표정으로 심사평을 기다렸다. 아빠의 벗어진 이마에 땀방울이 맺혔다. 땀방울에 판단이 흐려져서는 안 된다. 오히려 냉정해져야 하는 법.

"신상은 무슨! 한 십 년 전쯤 개발된 한방 족발이 있는데 식상하지, 안 그래?"

"시끄러! 쓸데없는 소리 할 거면 양념장이나 퍼 담아."

옆에서 지켜보던 엄마가 나의 고견에 재빠르게 대꾸했다. 엄마는 분명 내 말이 쓸데없다고 생각하지 않을 거다. 아빠가 실망할까 봐 내 입을 원천봉쇄하려는 거지. 나는 꿋꿋하게 일침을 가했다.

"비싼 한약재가 아깝다고. 그 돈으로 나 용돈 좀 주지."

아빠가 한약재가 담긴 면포를 쥐고 멈칫했다.

"호박에 줄 긋는다고 수박 되는 거 아니라며? 이런다고 돼지 곱창이 소 곱창 된대?"

결국 말해 버렸다. 아빠가 꺼질 듯 한숨을 내뱉었다. 아빠의 풀 죽은 얼굴을 보니 내 마음도 무거워졌다.

"아빠, 한방 곱창보다 저번에 개발한 복분자 곱창이 더 나은 거 같은데?"

뒤늦게 수습에 나섰지만 썰렁해진 분위기는 여전했다. 나는 고분고분 엄마 곁에 앉아 양념장 담을 준비를 했다. 겹겹이 쌓여 있는 빈 일회용 용기를 한 번에 열 개씩 깔아 놓고 양념장 담기 분업에 돌입했다. 용기에 양념장을 담고 그 위에 편으로 썬 마늘 다섯 조각을 올리고 뚜껑을 덮었다. 하나 팔 때마다 칠천 원씩이니까 앞에 놓인 것을 다 팔면 칠만 원을 벌게 된다. 계산을 마치자 손동작에 가속도가 붙었다. 양말 포장에 비하면 고소득 사업이 아닐 수 없다. 아무렴, 양말 포장에 비할 수 있을까.

2년 전이었다. 아빠가 회사에서 잘렸다.

"경기가 좋지 않아서 어쩔 수 없다는데……."

아빠가 말했다. 차라리 아빠가 나이가 많아서, 무능해서와 같은 움켜쥐기 좋은 핑계를 대 주길 바랐다. 어쩌지도 못하는 핑계 앞에 엄마는 누굴 원망해야 할지 무엇을 탓해야 할지 몰라 한숨만 내쉬었다. 한숨처럼 쌓여 있는 대출금, 이것저것 납부해야 할 고지서들……. 우린 아빠에게 그동안 고생했다고 다시 힘을 내 보자는 그런 흔해 빠진 말조차도 할 수 없었다.

아빠는 불경기라는 커다란 사회적 책임을 떠안고 동네를 전전하며 구인 광고 신문을 뽑아 집으로 돌아왔다. 아빠가 들고 온 신문에는 다음 날이면 시커멓게 엑스 자가 그어졌고, 그 위로 말라붙은 라면 국물에 이따금 서글퍼졌다.

보다 못해 엄마가 나섰다. 함박눈이 내리던 날이었다. 동네 아줌마가 우리 집 앞에 엄청나게 큰 포대를 갖다 놓았다. 진작에 얼어 버린 보일러 덕분에 우리 가족은 전기요 위에 둘러 앉아 양말 포장을 시작했다. 양말 포장을 처음으로 한 날, 나는 휴대전화 일기장에 켜켜이 쌓여 있는 양말 사진과 함께 '십 원 지옥'이란 기록을 남겼다. 더 이상 아무 말도 쓰지 못했다. 비닐 봉투의 바스락 소리를 밤이 새도록, 끝이 없도록 들었다. '만 원'이라는 카운트가 도저히 세어지지 않았다. 끝끝내 도달할 즈음엔 한숨마저 말라 버릴 만큼 모든 것이 건조했기 때문에 신이 나서 말할 수 없었다. 그 겨울밤을 다시는 추억하고 싶지 않았다.

동네 아줌마는 양말 포대를 가져다줄 때마다 말했다.

"이게 꽤 괜찮은 벌이야."

설마 십 원짜리 지옥이? 아줌마가 괜찮은 부업이라고 거무칙칙한 입술에 침을 바를 때부터 알아챘어야 했다.

"유행을 타길 해? 썩어 없어지길 해? 남녀노소 누구나 필요하지. 게다가 요새 누가 빵꾸 났다고 꿰매 신어? 조금 여력이 되면 포장만 할 게 아니라 직접 팔아 봐. 그게 진짜 괜찮은 벌이라고."

우리의 작업 속도가 빨라지고, 포대가 오는 횟수가 잦아질 무렵이었다.

"공급은 내가 책임질게."

공급만 책임져 주었던 아줌마. 아빠의 트럭에 담겨 정처 없이 떠돌던 양말들. 트럭 앞에 서서 양말을 사 가는 사람은 없었다. 아무리 팔아도 팔 수 없었던 양말 포대를 어깨에 이고 아줌마 집 앞에 한참을 서 있었던 그날의 기억. 포대 자루를 한 번에 패대기치는 기술을 선보이고 문을 닫아 버린 아줌마의 뒤태가 선명히 떠올랐다. 일 년이 지났지만 미수금 팔십육만 원이 아닌 팔십육만 칠천육백사십 원까지 분명히 떠오를 수밖에 없는 것은 십 원마다 바스락거리며 새긴 기억 때문이었다.

"어이쿠, 그만 담아. 이게 무슨 양말 포장인 줄 알아? 그거 오늘 다 못 팔아."

엄마가 기계만큼이나 빨라진 내 손을 잡으며 말했다. 아마 엄마도 나와 같은 기억을 떠올리고 있었나 보다.

엄마가 빈 일회용 용기를 높은 선반에 올리느라 까치발을 들고 팔을 뻗었다. 빈 용기는 기어이 떨어지고 말았다. 떨어진 용기를 줍는 엄마의 발목이 눈에 들어왔다. 코끼리 발목처럼 굵기를 바랐던 것은 아니지만 엄마의 발목은 생각보다 참 가늘었다. 그런 엄마의 발목을 '오디가쓰'와 '나이스'가 묘하게 감싸고 있었다.

"엄마, 양말이 두 겹이잖아."

"응."

"알고 신은 거야?"

"그럼 추운데 넌 하나만 신고 다녔어?"

나이스에 묻은 붉은 고춧가루가 눈에 들어왔다.

"엄마는 참, 어떻게 하면 양념장이 발목에까지 묻어?"

"쭈그리고 앉아서 지지고 볶아 봐라. 그만 참견하고 서랍장에서 양말 좀 갖다 줘. 묻었으면 어떠냐. 갈아 신으면 되는데."

불완전한 이름으로 태어나 사람들에게 외면당하고 만 우리집 양말들. 나이스가 아니라 나이키였다면, 오디가쓰가 아니라아디다스였다면 사람들이 아빠의 트럭을 덜 지나쳤을까. 하나마나 한 생각을 하면서 새 양말을 꺼내 십 원짜리 포장지를 쭉뜯었다.

"발목 늘어났잖아. 자, 새거 신어."

2

"야, 정해신! 너 진짜 너무한다."

은결이는 참다 못해 해신이에게 톡 쏘아붙였다. 며칠 전부터해신이는 우리 대화에는 집중하지 않은 채, 휴대전화만 붙들고 있었다.

"잠깐, 이것까지만 보내고."

해신이는 아랑곳하지 않고 빠른 손놀림으로 전송 버튼을 눌렀다.

"오케이! 너희들 오래 기다렸다. 이번에 엄마 때문에 어쩔 수 없이 학원 옮겼잖아. 알지? 그러니까 거기서 내 친구의 남친의 친구한테 어쩌다 연락처를 받게 됐거든. 정리됐어?"

"그래서 뭐가 어쨌다는 건데?"

시큰둥하게 은결이가 대꾸했다.

"그래, 결론부터 이야기하지. 내가 만남을 잡아 왔다. 우리 반 저 유치한 것들과는 차원이 다른 현일고 1학년 오빠들을 소개해 주겠다고. 알아듣겠냐?"

때마침 남자아이들이 사물함 위에서 떨어지며 요란한 소리를 냈다.

"야, 좀 조용히 해! 너네만 교실 쓰냐?"

은결이가 빽 하고 고함을 쳤다. 저 유치한 것들과 차원이 다른 오빠들이라.

"내 성격 알지? 괜히 말 꺼냈다가 혹시 안 되면 너희들 실망할까 봐 메리한 크리스마스를 대비해 며칠 좀 바쁘게 움직였지."

우리는 들떠 있었다. 기말고사가 끝나서이기도 했고, 겨울

방학이 다가와서이기도 했고, 우리가 곧 고등학생이 된다는 막연한 기대감, 또 크리스마스 때문이기도 했다. 크리스마스? 그게 뭐. 나는 교회에 갈 일도 없고, 크리스마스 선물을 받을 일 또한 없고, 우리 집엔 그 흔한 트리조차 없어 반짝거리는 분위기를 기대할 수도 없다. 누군가에게는 화려하지만 나에게 크리스마스는 그저 평범한 빨간 날이었고, 아무것도 없음을 실감하게 되는 날이기도 했다. 그런데 생애 첫 미팅으로 크리스마스가 메리해질 수 있다고? 정말? 없는 것투성이인 내 삶에 뭔가 하나 생길 수 있다는 기대감으로 벌써부터 마음이 부풀기 시작했다. 은결이도 한껏 들떠서 삼 옥타브쯤 높은 비명을 질렀다.

"끼야! 엄마한테 크리스마스 선물로 옷 사 달라고 해야지."

"음, 말 나온 김에 이것도 내가 점검해야겠다. 미팅은 모름지기 조화야. 소개팅이 아니니까 우리 셋이 같은 듯 다르게 콘셉트도 좀 맞춰야 전체적인 수준이 업그레이드된다고. 은결이는 그냥 섹시로 밀고 나가, 나는 당연히 프리티 스타일. 선우는 보자, 좀 애매한데? 뭐 그것도 콘셉트가 될 수 있어. 꾸몄지만 꾸미지 않은 듯, 섹시해 보이면서도 귀여운……. 이걸 뭐라고 해야 하지, 프리 스타일?"

미팅 경험자인 해신이가 까만 뿔테 안경 끝을 올리며 의기양양한 표정으로 이야기했다. '프리 스타일'이란 과제를 부여 받자, 아무것도 걸치지 않은 프리한 맨몸이 떠올랐다. 걸치고 나갈 거 하나 없으므로 해신이의 말이 현실에 대한 직시이자 미래를 향한 예언처럼 들렸다.

"좋아! 난 무조건, 무조건이야."

은결이가 책상을 주먹으로 내리치며 흥분하자 해신이는 흡족한 미소를 보이며 나를 째려보았다.

"넌 미팅 첨이지? 괜찮아, 짜식. 이러면서 크는 거지. 우쭈쭈."

해신이가 내 목을 강아지처럼 간질였다.

"어, 나도 당연히 좋지."

"완벽한 크리스마스를 위해 최선을 다할 거야. 생각만 해도 너무 좋다."

은결이의 즐거운 비명 소리가 귓가에 쟁쟁하게 울렸고 머릿속이 멍해졌다.

입고 갈 옷도 없고, 신발도 없고, 돈도 없는 쓰리 고苦. 용돈에 '용' 자라도 꺼내 볼 수 있으려나. 정면 돌파를 결심하고 엄마에게 다가갔다. 엄마의 표정이 밝지 않았다. 이제 막 시작한 곱창도 시원찮다는 엄마의 푸념 섞인 목소리가 들리는 것 같다. 그렇지만 나도 내 인생이 있는데, 괜찮은 크리스마스 추억

하나쯤 누릴 권리가 있는데, 반항심이 솟구쳤다. 게다가 해신이에게 받은 어려운 숙제를 생각한다면, 용기 없인 해결도 없을 것이다. '꾸몄지만 꾸미지 않은 듯, 섹시해 보이면서도 귀여운'이 왜 '프리 스타일'이 되었는지 이해하기 힘들지만 이걸 어떻게 연출할 것인가가 문제였다. 헤어, 메이크업, 의상⋯⋯. 어느 것 하나 쉬운 게 없었다. 머릿속에서 벌써 서랍장을 몇 번이나 여닫았지만 무릎 나온 추리닝 바지밖에는 떠오르지 않았다.

"뭐? 오만 원? 하루 종일 밖에 서 있어 봐라. 오만 원이 쉽게 나오는 말인지. 이게 따뜻한 밥 먹고 식어 빠진 소리 하고 있네."

"크리스마스 같은 거 여태 한 번도 안 챙겨 줬잖아. 애들 키우는 집 중에 산타가 주는 선물 한 번 못 받아 보고 자라게 한 집은 우리집밖에 없을 거라고."

우리는 어렸을 때부터 크리스마스를 몰랐다. 사실 아빠의 실직은 우리에게 새삼스러운 일이 아니었다. 무역학과를 나왔다는 아빠는 자동차 부품을 날랐다가, 전단지 도안을 그렸다가, 광고지를 들고 이곳저곳을 찾아다녔다. 여기저기를 이동해야 하는 일을 하게 된 데에는 아빠의 전공이 깊게 관여한 것 같다. 그러다 보니 엄마도 늘 바쁠 수밖에 없었다. 치킨집에 다니면서부터는 쉬는 날도 없이 생활한 데다가, 남들이 쉬는 날에는 더욱 쉴 수 없었다. 우리에게 크리스마스는 정우와 종일 텔레비전을 보며 밤을 보내야 하는 보통날보다 더 쓸쓸한 날이었다. 그러니 크리스마스를 크리스마스답게 보내고 싶은 욕심은 잘못이 아니다.

"그래, 크리스마스! 은결이는 크리스마스 때마다 선물 받았대. 이번에는 삼십만 원도 넘는 가방을 받았다고. 삼십만 원도 아니고 오만 원이면 된다는데 그것도 안 돼? 왜 안 돼? 왜 우리는 계속 참아야만 해?"

엄마가 날카로운 눈빛으로 쏘아보았다.

"누나, 실수했다. 엄마 비교하는 거 진짜 싫어하는데. 우이씨, 누나 때문에 무서워서 텔레비전도 못 보겠다."

정우는 텔레비전을 끄고 잠바를 입었다. 엄마는 침묵했다. 싸늘한 기운이 방 안을 가득 메웠다. 나는 마음속으로 일단 후퇴를 외치며 안방에서 나왔다.

은결이처럼 들떠서 이 옷 저 옷 고르고 싶었다. 소개팅에 대한 기대감으로 한껏 부풀어 보고 싶고 메리하게 크리스마스를 보내고 싶은데 나만 안 된다니……. 책상에 엎드려 생각했다. 내가 잘못했지만 정말 잘못했다고도 할 수 없는 일이다. 굳이 따지자면 잘못은 자꾸 실패만 하는 아빠의 무능함이니까. 결론을 내리고 나니 죄책감은 덜어 가벼워졌지만 알 수 없는 감정이 가슴을 무겁게 짓눌렀다.

결국 나는 아무것도 얻지 못하고 집을 나섰다. 새벽까지 일하고 들어온 엄마 아빠는 단잠에 빠져 있었다. 평소의 나라면 토요일이니 오후까지 늘어지게 자고 있을 테지만 오늘은 달랐다. 기초화장을 마치고 추리닝 차림으로 은결이네로 향했다.

"야, 아무리 그래도 엄마한테 대충 둘러대고 좀 갖춰 입고 나오지."

은결이가 옷장을 뒤적거리며 말했다. 엄마 아빠가 엄하다는 핑계를 대며 미팅 준비를 할 수 없었다고 둘러댔다. 은결이는 빨간색 반코트를 꺼냈다가 재빠르게 집어넣고 원피스 스타일의 검정 코트를 건넸다. 나는 그런 은결이를 못 본 척하고 코트를 받았다.

"선우 넌 키가 커서 이거 입으면 예쁠 거야."

"응, 아무거나 괜찮아. 고마워."

말은 이렇게 했지만 화사한 빨간 코트가 내게 제격이라는 생각이 자꾸 들었다. 은결이는 자기가 입을 옷은 따로 준비해 두었지만 올해 장만한 빨간 코트를 내게 빌려줄 마음은 없었다. 그렇다고 야박한 우정이네 해 가며 은결이를 욕할 마음도 없다. 키도 큰데, 얼굴까지 하얀 나를 경계하는 건 당연하다. 본

바탕이 썩 괜찮은 나는 조금만 꾸미면 아름다워지니 친구들의 경계를 사는 건 이해할 수 있었다.

검정색 코트에 일어난 보푸라기를 뜯어냈다. 매일 추리닝 바지 안에 내복처럼 갖춰 입던 레깅스로 이렇게 구색을 맞추게 될 줄은 몰랐다. 무릎에 주글주글하게 모인 레깅스를 쭉 당겼다. 운동화 차림에 은결이가 빌려준 큼직한 체크무늬 가방을 들었다. 내가 하면 '믹스 앤 매치'라고 해 두고 단장을 마쳤다.

은결이는 아빠가 크리스마스 선물로 사 준 비즈가 총총히 박힌 고급스러운 클러치백을 들었다. 미니스커트를 입고 서클렌즈까지 끼고 나온 해신이와 비싼 클러치백을 손에 든 은결이의 모습이 나란히 지하철 유리창에 비쳤다. 나는 해신이나 은결이보다 키가 컸지만 추리닝에 구겨 신고 나온 운동화 때문에, 그녀들의 하이힐에 묻혀 기분까지 납작해졌다. 내가 가진 것이 나를 초라하게 만들었다.

3

거리에 울려 퍼지는 캐럴 소리 때문인지 기분이 조금씩 나아졌다. 오빠들은 운동화를 신은 발랄한 스타일을 좋아할 것이라고 위로하며 마음을 다잡은 결과이기도 했다.

우리는 아이스크림 가게 앞에 서서 그들을 기다렸다. 가슴이 두근거렸다. 해신이 앞에 남자 셋이 나타났다. 재빨리 오빠들을 스캔했다. 얼핏 트랜디한 슬림핏 코트에 베이지색 면바지를 입은 말쑥한 차림의 모습이 눈에 들어왔다. 말쑥이, 저 오빠가 좀 괜찮다. 괜히 얼굴이 달아오르는 것 같았다. 우리는 어색한 웃음을 흘리며 오빠들을 따라갔다. 화려하고 예쁜 건물들을 다 지나치고 후미진 골목에 다다랐을 때, 말쑥이가 우리를 향해 말했다.

"너희 술 좀 하지?"

오빠들은 우리의 대답 따윈 필요 없다는 듯 도레미 호프라는 촌스런 간판이 걸린 지하 호프집으로 내려갔다.

"자, 마시자고! 한잔해!"

우리는 어색한 분위기를 무마하고자 게임을 하며 술을 마셨다. 술을 마셔야 한다는 것이 두려웠지만 미팅이든 음주든 이 모든 게 처음이란 걸 들키고 싶지 않았다.

나는 '짠' 소리와 함께 입안 가득 맥주를 넣고 꿀꺽 삼켰다. 차갑게 파고드는 맛인지 통증인지 모를 감각이 목구멍과 콧구멍을 동시에 강타했다. 통증에는 좀처럼 익숙해지지 않았지만 서서히 긴장이 풀렸다. 그제야 주선자 홀로 멀쩡하다는 사실을 발견했다. 나머지 둘의 모습을 이제야 알아챘다는 게 놀라울 뿐이었다. 어울리지도 않는 모히칸 헤어스타일에 가죽인지 비닐인지 알 수 없는 재킷과 바지에 덜렁덜렁 걸린 쇠사슬이라니, 아까부터 "한잔해." 하는 소리만 외치는 둔한 흰색 패딩의 북극곰은 또 어떻고. 북극곰이 입은 흰색 패딩에 작지 않게 새겨진 브랜드 로고가 눈에 들어왔다. 패딩 가격이 자그마치 백만 원이 넘는다고 은결이가 이야기했던 적이 있는 그 브랜드였다. 뭘로 만들면 백만 원어치가 될까? 눈 둘 곳 없게 생긴 두 명의 오빠들을 외면하며 두리번거리다 해신이와 눈이 마주쳤고, 우린 어색하게 웃음을 흘리며 잔을 부딪쳤다.

"이 가방 엄마 거냐? 우아, 이거 명품 맞지? 이런 건 도대체 얼마나 해?"

북극곰이 느닷없이 내 가방을 가리키며 물었다. 얼굴이 화끈거렸다.

"아니, 뭐 그런 걸⋯⋯."

다행히 누군가 파트너를 정하자고 해서 자연스럽게 화제는 바뀌었다. 왜 우리는 상관하지 않고 오빠들이 파트너를 결정해야 하는지 이해할 수 없었다. 은결이를 보고 눈치를 주어도 뭐가 그렇게 좋은지 웃기만 했다. 더 황당한 것은 젓가락으로 파트너를 찍겠다는 거였다. 곱창을 먹을 때도 두 젓가락 곱게 만나 살포시 집는다고! 근데 젓가락으로 나를 찍겠다고? 기분은 만신창이가 됐지만 생각과 감정이 다 따로따로 노는지, 좀 더

멋져 보이는 말쑥이와 파트너가 되기를 바라고 있었다. 그러나 나를 가리키는 젓가락 끝에는 북극곰이 있었다. 말쑥이랑 파트너가 된 은결이는 얼굴이 활짝 폈고, 신기한 일이지만 해신이도 싫지 않은 듯 쇠사슬과 이야기를 주고받았다. 북극곰이 집에 데려다주겠다며 일어섰다. 나는 북극곰과 전철역을 향해 걸었다. 남친과 집까지 가는 길은 어떤 기분일까? 자꾸 가슴이 두근거렸다. 수도 없이 상상한 장면이 현실로 이루어지고 있었다. 술을 마셔서일까, 이렇게 무심한 듯 브랜드 패딩 하나로 멋을 낸 것도 나름대로 괜찮아 보였다. 크리스마스라는 주술에 걸린 걸까? 아니면 이런 게 술의 힘일까?

횡단보도에 서서 신호를 기다리는데, 한 할머니가 독거노인들을 돕는다며 모금함을 내밀었다. 만 원짜리 한 장이 가진 전부라 나는 어쩔 줄 몰라 쭈뼛거리고 말았다.

"됐어요, 할머니."

당당하다 못해 건방진 목소리로 대꾸하는 북극곰의 모습에 당황해 모른 척 먼저 길을 건너 버렸다. 북극곰은 그런 내 뒤를 따라오며 큰 소리로 투덜거렸다.

"저런 거 다 사기야. 모금하러 다닐 기운으로 빈 병이라도 줍지, 다른 사람한테 피해는."

"우리한테 무슨 피해를 줬다고 그래요?"

"쓸데없는 감정 낭비. 사람을 불편하게 만들었잖아."

북극곰이 갑자기 짜증을 내는 걸 보면 쓸데없이 감정을 낭비하게 만든 것도 같다. 나조차도 할머니의 모금함에 어떤 것 하나 넣지 못하는 상황이 불편했으니까. 그렇다고 해서 할머니의 모금함이 진짜인지 가짜인지, 할머니가 왜 모금함을 들고 복잡한 거리로 나서야 했는지 아무것도 모르면서 할머니를 폐 끼치는 사람으로 만드는 것은 이상한 일이었다.

"잘 알지도 못하면서 함부로 말하지 마세요. 할머니가 어떤 사정으로 거리로 나와 모금을 하는지, 빈 병을 줍는 일보다 더 중요한 일인지 아닌지 그건 모르는 거잖아요."

"아, 너 아는 할머니였어?"

"아니, 그게 아니라……."

북극곰은 그다음 이야기는 들을 생각도 없다는 듯이 전철역을 가리키며 말을 잘랐다.

"알아서 왔으니까 알아서 갈 수 있는 거 맞지?"

자기 기분 따라 제멋대로 구는 북극곰의 행동에 자존심이 상했다. 나는 얼른 발걸음을 옮겼다. 그때였다. 북극곰이 돌아서는 내 손목을 잡아채더니, 와락 껴안았다. 비명이 나오려다가 북극곰 가슴에 내 이마가 파묻히는 순간에 쿵, 하고 심장이 떨어지는 소리가 들렸다. 나는 어리둥절한 채, 북극곰에게 안겨 버렸다. 이게 무슨 상황인지 파악은 안 되지만 이대로 안겨 있는 게 얼마나 말도 안 되는 일인지 정신이 들기 시작할 때쯤, 그러니까 내가 북극곰의 몸을 밀어 버리기도 전에 북극곰 입에서 도저히 상상할 수 없는 말이 튀어나왔다.

"사랑해."

북극곰은 무슨 일이 있었냐는 듯 돌아서서 유유히 반대쪽으로 걸어가 버렸다. '안녕'을 말하듯이 '사랑해'라고 내뱉는 이 상황, 뭐니?

불쾌한 기분이 한순간에 치솟았다가 가슴이 터질 것처럼 뛰었다가 머릿속이 하얘졌다. 뒤죽박죽 엉망이 되어 버렸다. 사랑해? 그게 말이 돼? 왜 함부로 나를 껴안는데? 내 감정만 쓸데없이 낭비하게 만들어 버린 북극곰이야말로 피해 막심 인간이다. 정신이 번쩍 들었다. 크리스마스의 주술이건 술의 힘이건 끝났다. 미팅이란 이런 것인가. 처음부터 이해되는 건 하나도 없었다. 그런데도 당연한 것처럼 따랐다. 서툰 모습을 보이고 싶지 않아서 익숙하다는 듯 그들을 따라 움직이기 바빴다. 흉내 내는 놀이로는 즐거워질 수 없었다. 흉내는 진짜가 아니니까. 즐거운 척하다 보면 즐거워질 줄 알았는데, 내 방식이 아니었다.

정우는 텔레비전을 켜 놓은 채 잠들어 있었다. 장롱에서 이불을 꺼내 덮어 주고 베개도 받쳐 줬다. 잠꼬대를 하는지 "엄마"라고 중얼거리는 것 같았다. 꿈속에서 엄마 타령을 하며 웅크리고 자는 정우가 참 작았다. 아직 들어오지 않은 엄마 아빠 이불을 펴 놓고 내 방으로 들어와 잠을 청했다. 찬바람에 마비된 몸이 이불 속으로 들어가자 간질간질하게 저려 왔다. 몽롱하게 올라오는 것이 잠기운인지 술기운인지 금방 잠이 들어 버렸다.

4

아침 일찍부터 계속 울려 대는 메신저 알림 소리에 눈이 떠졌다. 이런저런 호들갑을 떨던 은결이는 내 답문을 기다리다 못해 12시까지 자기네 집으로 오라고 통보했다. 나는 어제 입었던 옷을 챙겨 은결이네로 갔다. 집 앞에 세워 둔 트럭 컨테이너에 작게 걸린 '선우 곱창' 현수막이 어제의 밤바람에 지친 듯이 축 처져 있었다.

해신이는 메모지에 뭔가를 끼적이며 은결이에게 열렬히 강의 중이었다. 은결이는 말쑥이랑 사귈 것 같다며 호들갑을 떨었다. 나는 북극곰의 미스터리한 행동을 이야기했다. 해신이랑 은결이는 눈이 휘둥그레져서 내 상황을 해석했다.

"음, 북극곰이 너를 좋아하는 게 분명해."

"말도 안 돼. 무슨 사랑한다는 말이 만나자마자 나와?"

"일종의 관심 표현이겠지. 분명한 건 말이야. 그게 나쁜 뜻의 단어는 아니잖아?"

"선우 너, 심쿵했겠다. 완전 나쁜 남자네, 손목을 잡고 안았다니 로맨틱해."

해신이랑 은결이의 이야기를 들으니 혼란스러웠다. 불쾌하고 화났던 어제의 상황은 완전히 다른 장면이 되어 있었다. 헤어지는 게 아쉬워서 한 포옹이라고? 사랑한다는 말이, 나에 대해 생긴 관심의 표현이라고? 낭만적인 장면이었다니. 무언가 무너져 내리는 허탈하고 허무한 감정을 느꼈다. 그게 심쿵이라고? 일방적이고 예측할 수 없는 북극곰의 행동에 덜컥 겁이 났다. 근데 그게 로맨틱한 나쁜 남자여서라고?

그때, 휴대전화가 울렸다. 북극곰이었다.

크리스마스 때 약속 있냐?

은결이는 또 한 번, 끼야 하고 소리를 질렀고, 해신이는 자기 해석이 틀리지 않았다며 은결이 못지않게 호들갑을 떨었다.

"밀당 해야지. 나쁜 남자한테는 튕기는 게 약이라니까."

"북극곰이랑 잘 해 봐. 너도 나처럼 남친이랑 크리스마스 보내게 된 거 축하해."

나는 친구들의 코치에 따라 '아직까지는'이라는 답문을 보냈다. 마음속에서는 뭐가 뭔지 모르겠다는 생각뿐이었다. 어디에 갈지 정하지도 않았는데 인파에 밀려 버스 카드까지 찍고 있는 기분이었다.

"근데 은결아, 넌 그 오빠가 정말 좋아?"

"아니, 나도 잘 몰라. 어쨌든 오빠랑 같이 크리스마스를 보내게 됐잖아. 엄마 따라 몇 시간 동안 교회에 앉아 있는 것하고는 비교가 안 되지. 네가 처음이라 잘 몰라서 그래. 다들 이렇게 사귀는 거라고. 그러다가 아니면 마는 거지, 뭐."

절대로 북극곰이 좋은 건 아니었다. 그렇다고 싫다 하기에는 북극곰에 대해 아는 게 없었다. 어떤 감정이 진짜인지 모르겠다. 그러나 언제나 평범했고 그래서 초라하기까지 했던 그날을 다르게 보낸다면 어떤 의미가 생기지 않을까. 막연한 기대가 끈적하게 달라붙었다. 어떻게든 메리하게 크리스마스를 보내면 되는 거 아니야? 아니면 마는 거지. 기대로 부풀어 있는 내 감정을 애써 누르고 싶지 않았다.

아빠가 조심스럽게 방문을 열었다. 은결이가 인심 쓰듯 내주는 보푸라기 코트를 다시 입고 싶지 않았다. 무모하고 희망 없는 용돈 타령을 또 하고 말았다. 그것도 지랄맞게. 엄마한테 호박 같은 레깅스를 신고 찌그러져야 했던 내 감정을 조금이라도 느끼게 해 주고 싶었다. 엄마는 웬일인지 아무 말도 없었다. 대신 이렇게 아빠를 투입하는 작전을 썼나 보다.

"선우야, 뭐 하니? 엄마한테 뭐라고 하지 마. 엄마 많이 힘들었잖아. 이거 써. 만 오천 원은 내일 줄게."

만 오천 원이라는 말에 목이 꽉 메었다.

"가져가! 필요 없으니까 이거 갖고 나가. 오만 원이 뭐라고 이렇게 어렵게 주는 거야?"

이렇게 소리 지르고 나면 내 마음도 아빠 마음도 안 좋다는 걸 알면서 왜 마음 따로, 행동 따로일까.

"선우야, 아빠 이번엔 잘할 거야."

방을 나가는 아빠는 정수리까지 벗어져 휑한 머릿밑이 드러나 보였다.

"정말 짜증 나."

나는 대머리는 유전일 뿐이라고 되뇌었다. 바지 위로 올려 신은 아빠의 나이스 양말이 하나도 나이스하게 보이지 않았다.

"연락 왔어?"

해신이와 은결이 눈에서 궁금함과 더불어 기대감까지 엿보였다.

‘아직’이라고 말해야 하는지, ‘아니’라고 말해야 하는지 두 개 다 자존심이 상하고 기분 좋지 않았다. 나는 무심하게, 내 일이 아닌 듯이 연기를 했다.

"몰라."

은결이는 새로 장만한 듯 보이는 립글로스를 열심히 바르며 물었다.

"모른다고? 아, 맞다. 아까 오빠가 나한테 북극곰이 궁금해한다면서 희한한 걸 물어봤어. 선우가 그날 갖고 나온 가방이 진짜냐고 물어봤대. 이런 건 뭐지?"

"정말? 야, 이상하다. 가방이 짝퉁인지 진짜인지 그게 왜 궁금해? 그래서 은결이 넌 뭐라고 했는데?"

"뭐라고 하긴, 짝퉁이라고 말했지."

"최은결! 그런 자낳괴*한테 정직하게 대답까지 해 준 거야?"

"아닌 걸 아니라고 하는데, 해신이 넌 왜 나한테 뭐라고 하냐? 북극곰이 선우도 아니고 선우 가방에 대해 물으니까 대답해 준 것뿐이잖아."

---

*자낳괴: '자본주의가 낳은 괴물'을 줄인 형태의 신조어.

"은결아, 아직도 모르겠어? 그러니까 질문의 포인트가 선우가 아닌 거잖아."

그날 내가 들고 온 가방에 관심을 보였던 북극곰의 모습이 떠올랐다. 은결이와 해신이가 티격태격하는 이유가 나라는 사실에 갑자기 머리가 띵해지면서 어지러웠다.

"선우야, 괜찮아? 너 얼굴 더 하얘졌어. 어떡해."

은결이가 걱정스런 얼굴로 내 팔을 붙들며 징징 우는 소리를 냈다.

"야, 무슨 고딩이 막장 드라마를 얼마나 본 거야? 미친놈 맞네. 선우야, 내가 다음에 진짜 괜찮은 남소 해 줄게. 그놈은 용서 못 하겠다!"

나는 이미 북극곰 때문에 다친 자존심이 해신이와 은결이 앞에서 또 한 번 무너지고 있다는 사실에 더 견딜 수 없었다. 마음속으로 두 번 정도 심호흡하고 여유 있게 웃으며 말했다.

"재미로 하는 미팅인데, 그걸로 크리스마스네 뭐네 하는 게 웃겼지, 뭐. 괜히 은결이 가방 갖고 난리다. 야, 흥분하지 마. 메리 크리스마스잖아. 난 괜찮아."

거짓말 같은 내 대사가 오글거렸다. 메리 크리스마스? 정말 웃기고 있다 너, 박선우.

5

바람이 차갑다. 거칠고 차가운 것이 안에서 한 번, 밖에서 한 번 나를 훑고 지나갔다.

상가가 모여 있는 길거리로 향했다. 케이크를 들고 어딘가로 향하는 사람들을 바라보았다. 갈 곳을 정하지 못한 채 걷다가 캐럴이 흘러나오는 액세서리 가게로 들어갔다. 주머니 안에 넣어 둔 돈을 만지작거리다 털모자가 있는 코너에 오랫동안 서 있었다. 아빠에게 미안하다는 말을 건네지는 못할 것 같았기 때문이다. 가게 유리창 밖으로 어둠이 찾아오고 있었다.

유리창 밖을 스치고 지나가는 할머니가 눈에 들어왔다. 할머니가 끄는 리어카에는 겹겹이 상자가 쌓여 있었다. 할머니의 구부정한 등은 펴지지 않는데 빈 상자는 쫙쫙 펼쳐져 리어카에 실렸다. 상자가 할머니의 키만큼 높아졌다. 까치발을 들 때마다 보이는 할머니의 발목. 양말 한 켤레 신지 않은 맨발이 플라스틱 슬리퍼 안에 차갑게 담겨 있었다. 살갗이 터서 하얗게 갈라졌고, 오래된 나무뿌리 같은 혈관이 비쩍 마른 발목 위로 올라와 있었다. 할머니의 발목이 내 시야에서 일렁거렸다.

북극곰 말대로, 모금함 대신 박스를 줍고 있는데, 아무런 피해도 주지 않았는데, 눈도 제대로 뜰 수 없을 정도로 아팠다. 두 눈을 질끈 감아 버렸다. 이제는 엄마와 아빠의 모습이 보였다. 두 겹의 양말을 챙겨 신는 엄마의 모습, 나이스 양말을 신었지만 나이스하지 못한 아빠. 그리고 못 받은 돈 팔십육만 칠천육백사십 원까지.

내일은 할머니의 발에 양말이 신겨 있을까? 자꾸만 마음이 쓰였다. 나는 할머니 뒤에서 무거운 리어카를 밀 용기도 없었다. 주머니 속에 있는 돈을 몽땅 털어 줄 만한 인심도 없었다. 그렇지만 그냥 지나치고 싶지 않았다.

약국 앞에서 상자를 모으고 있는 할머니에게 다가갔다. 리어카 위에 살그머니 비닐 봉투를 올려놓았다. 리어카 상자 위에서 도톰하고 길쭉한 양말이 들어 있는 비닐 봉투가 바스락거렸다. 우리 집에서 유일하게 풍족한 양말이지만 내가 할 수 있는 일은 고작 양말을 사는 일이었다. 그리고 나도 괜찮은 인간이라는 작은 위안을 내게 선물하고 싶었다. 그게 원래의 나인 것처럼.

'메리 크리스마스.'

저녁이 다 되어 집에 도착했다. 정우는 문을 열어 주며 성탄 특집은 왜 해마다 같거나 비슷하냐고 투덜거렸다. 텔레비전에서는 화려한 크리스마스 파티의 모습과 함께 냉장고를, 노트북을, 보일러를, 커피를 홍보했다. 나는 텔레비전을 꺼 버렸다.

"누나, 케이크 얼마 정도 할까?"

"먹고 싶냐?"

"응. 산타 모자도 주잖아. 꽤 좋아 보여."

우리는 작은 생크림 케이크를 사서 집에 들어왔다. 정우는 머리에 모자를 쓰고 케이크를 자르려다가 다시 상자에 넣었다. 나도 정우랑 같은 생각을 하고 있었다.

"엄마, 어디야?"

"풍석동이야. 왜?"

엄마의 씩씩하고 큰 목소리가 휴대전화 밖까지 들려왔다.

"왜 그렇게 멀리 갔어?"

"네가 동네에서 곱창 팔면 창피하다며."

"치이, 많이 팔았어?"

"내일이 공휴일이니까 기다려 보는 거야. 근데 왜 전화했어?"

"빨리 와. 우리가 기다리고 있어."

내가 전화를 끊자 정우는 쓰고 있던 모자를 벗고 정성껏 접으며 말했다.

"이거 아빠 줘야겠다."

"너 가져. 내가 아빠 털모자 하나 샀거든."

"누나가 웬일이래? 그럼 이건 엄마 드려야겠다. 같이 쓰면 더 좋겠지?"

연이어 휴대전화가 울렸다. 화이트 크리스마스를 알리는 해신이와 은결이의 메시지였다. 정우와 나는 밖으로 나갔다.

"누나, 엄마한테 눈 온다고 알려 주자."

"야, 엄마가 우리보다 먼저 알았겠지. 바보냐?"

포근한 눈이 내려 춥지 않은 밤이었다. 나는 휴대전화를 열어 엄마에게 크리스마스 파티를 예고하는 메시지를 보냈다. 정우와 나는 어제 팔다 남은 돼지 곱창을 꺼내 늦은 저녁을 먹었다. 식은 곱창과 찬밥, 양념장을 넣고 뜨겁게 볶았다. 소 곱창이 낼 수 없는 질겅거림이 씹을수록 즐거워졌다. 돼지 곱창은 맛있다.

딱지를 사랑한 지구인

어두운 그림자가 내 머리 위로 드리워지고 있었다. 진몽이가 똥색 주머니를 들고 점점 다가오고 있었다. 올 것이 왔구나. 딱지를 움켜쥔 손이 떨려 왔다. 똥색 주머니 속으로 파묻힌 휴대전화들이 보였다.

어제 유튜브 뉴스에서 보았던 장면이 떠올랐다. 모자이크 처리가 되어 있었지만 보였다. 커다란 구덩이 안으로 처박히는 돼지들의 모습이. 구제역 때문에 살처분을 하는 거라고 했다. 살처분? 살아 있는 채로 무덤이 되어야 한다는 뜻 같았다. 병에 걸린 것도 끔찍한데 그래서 죽어야 하다니. 지금의 상황과 어제 본 뉴스를 엮는 건 말도 안 되지만 어쨌든 지금 나는 끔찍하다. 나뿐만 아니라 너도 그렇겠지?

"야! 빨리 내!"

"아, 잠깐만."

우리 반 칠판에 적힌 내용을 찍어 SNS에 게시했다. 중대한 일이 아니니까 더욱 꼭 지금 하고 싶었다.

진몽♡몽정♡정연

진몽이를 디스하는 낙서를 외면해서는 안 될 일이다. 진몽이가 정연이를 좋아한다는 사실은 우리 반이 다 아는 사실이지만, 중간에 '몽정'이 들어간 조합은 참신했다. 이런 건 실시간 공유로 널리 알려야 해.

"빨리 내놔!"

아, 딱지의 온기를 조금이라도 더 느끼고 싶다.

"잠깐만! 리코더 안 갖고 와서 엄마한테 문자 보내야 해서."

와우, 순발력 있는 대답! 녀석이 4분단 끝자리까지 돌며 아이들과 실랑이하는 사이 담임선생님이 교실에 들어왔다. 진몽이가 선생님에게 휴대전화 수거 주머니를 건넸다. 얼른 바지 주머니 깊숙이 딱지를 밀어 넣었다. 담임은 똥색 주머니를 위아래로 들어 보며 무게를 간파하려 했다. 내공이 느껴지는 동작이었다. 긴장된 순간이 지나고 나서야 내 주머니 속에서 반짝거리는 딱지를 매만질 수 있었다. 딱지처럼 내 마음도 반짝거린다.

우리 학교 학칙 제 18조! 사실 18조인지 아닌지는 중요하지 않다. 이토록 십팔 같은 학칙은 그냥 십팔 조라 해도 문제될 것 없다.

'조회 때 휴대전화를 수거하고, 종례 때 돌려주는 것을 원칙으로 한다. 미제출 1회 적발 시 휴대전화 압수 일주일, 3회 이상 적발 시 보호자 동반 교육 및 한 달간 압수.'

이렇게 비민주적인 학칙이 지구상에 존재할 수 있다니. 4차 산업혁명 시대를 살아가는 현대인에게 이런 조항이 문서로 존재한다는 사실 자체가 우스울 따름이다. 이런 게 규칙이라고? 나와 딱지에게 가하는 무례함을 억지스레 포장했을 뿐이다.

딱지와 맞바꾼 수업은 따분함 자체였다. 딱지와 억지로 떼어놓고 별거 아닌 지식들을 무조건 머릿속에 넣으라 강요한다. 내가 계산을 못 하면 꿀밤을 때렸고, 영어 단어는 외우라고 구박했다. 내가 쓰고 있는 게 글씨인지 암호인지 알 수 없을 때까지 깜지 쓰기만을 무식하게 강요했다.

딱지는 누르면 척, 척, 척이다. 나의 요구가 무엇이든 오직 나를 위해 존재하는 딱지. 나의 많은 순간을 기록하고 나를 알아주는 딱지. 때로는 나의 취향을 나보다 더 잘 알고 있다. 그 깟 수업, 필요하면 내가 알아서 찾아보면 되는데. 묻는 말에 어서 대답하라고? 엔터만 누르면 청동기시대의 유물이 무엇인지, 산소와 철이 만나면 무엇이 되는지 답을 말해 주는 딱지가 있는데 딱지 없이 답을 강요하며 나를 멍청이 취급하다니.

잠 못 드는 날 함께 치는 고스톱의 재미와 흥미진진한 모험으로 나를 성장시키는 롤플레이, 비 오는 날 들려주는 분위기 있는 음악, 은밀하게 즐기고 싶은 취향 저격 움짤, 내 존재감의 산실 그 자체, SNS 팔로워 1788명.

한 번도 나에게 이런 위로와 즐거움을 준 적 없었으면서 왜 뺏는 건데?

우우우웅. 딱지의 맥박 소리가 들렸다. 어쩐지 즐거운 일이 생길 것 같다. 너와 내가 이렇게 함께하니 말이다. 참을 수 없다! 널 만지고 싶어서. 화장실을 다녀온다는 핑계로 교실을 나왔다.

아침에 올린 게시물에 153개의 하트가 달렸다.

좋아요 ♥

몽정 소년을 응원하는 댓글을 읽었다. 건호, 태윤이, 수빈이도 휴대전화를 안 내고 공기계를 무덤 속으로 대신 보낸 게 분명하다. 혹시 다은이도 가지고 있을까?

모해?

대화의 시작은 비슷하다. 무얼 하는지 궁금하다기보다 '똑똑'과 같은 거다.

ㅎㅎ 넌 모~해?

그 애의 따끈따끈한 답문이 도착했다. '네 생각'이라고 쓰고 보니 어쩐지 날 느끼한 놈 취급할 거 같아 그 뒤에 'ㅋㅋ'를 붙여 준다. 어색한 분위기를 극복하고, 진지하고 우중충한 것을 가뿐하게 만드는 자음, 'ㅋ'과 'ㅎ'을 만든 세종대왕님 진정 대단하심!

내일이면 다은이와 만난 지 22일이 되는 날이다. 투투데이를 어떻게 기념해야 할까? 다은이가 뭘 좋아하는지 생각해 보려 했지만, 사실 난 그 애에 대해 별로 아는 게 없었다.

시험이 끝나고 친구들과 노래방에 갔을 때 그 애를 처음 보았다. 멋지게 노래를 부르고 싶었다. 노래 제목이 떠오르지 않아서 딱지를 찾았고 역시나 명곡을 얻어 냈다. 중딩 랩퍼가 되어 제대로 해내리라! 얼른 내 실력을 뽐내고 싶었지만 재빠른 녀석들에게 치여 내 차례는 이미 화면 밖으로 밀리고 말았다. 건호가 우선예약으로 같은 곡을 선택했다는 사실을 발견했고, 그 어려운 노래를 해내는 녀석의 모습에 나 스스로 예약곡을 지울 수밖에 없었다. 그때였다. 아름다운 목소리가 스피커를 타고 흘러나왔다. 무리 속에서 사실 제일 못생겼다고 생각한 애였다. 노래방 안은 달달한 목소리로 가득했고 나는 그렇게 다은이의 목소리에 반해 버렸다.

딱지가 없었다면 다은이와 이어지기 어려웠으리라. 딱지는 우리의 아주 많은 순간 그 자체, 서로의 존재를 확인시켜 주는 연결고리다. 우리 둘이 주고받은 메시지는 수백 통, 수천 통? 헤아릴 수 없다. 헤아리기를 시도하는 것 자체가 지루하고 의미 없다.

개망함

개신나

기분 안죠아ㅠㅠ 뭐하냐?

우리의 대화는 주로 이렇게 시작했고, ㅎㅎ나 ㅋㅋ로 끝나서 다시 ㅋ나 ㅎ로 이어지는 끝말잇기였다.

물론 만나기도 했다. 딱 한 번이었지만. 정확히 언제 만났더라? 딱지를 꺼내 지나간 대화 목록들을 확인했다. 딱지에는 추억이 있고 추억처럼 나와 다은이가 있다. 오호! 누군가 먼저 했던 말 같기도 하지만(아마 인스타 인친?) 멋지니까 내가 써먹는 걸로.

나는 다은이와 은행동 팝콘 커피전문점에서 만남을 약속했다. 그곳으로 향하는 내내 우리의 대화는 끊이지 않았고 설레서 미칠 지경이었다.

그런데 그 애가 이렇게 생겼단 말인가. 찜질방 앞에서 마주친 것처럼 민망했다. 희끗희끗한 얼굴에 빨간 물을 들이다 만 듯한 입술, 투명 메이크업을 시도했나 본데 씁쓸하게도……? 몹쓸 느낌마저 들었다.

내가 얼짱 각도를 모르는 건 아니다. 얼굴보다 높이 들어 셀카를 찍으면 눈은 커 보이고 턱은 좀 더 갸름해 보여서 귀엽게 연출할 수 있다는 것은 보통의 스킬 중 하나이고 누구나 그렇게 찍을 자유가 있다. 그러나 아무리 그래도 그렇지, 이건 사기다. 천 장도 넘게 찍은 사진 중에 한 장이었다고 변명한다 해도, 성형앱 카메라였다고 해도, 그 애의 실물과 사진과의 거리를 좁히지는 못했다.

다은이의 얼굴에 이어 이 분위기 어쩔! 무슨 말을 해야 하는지 어렵기만 했다. 넌 노래방에서 노래할 때가 참 예쁘다고 말할까 했지만 그 느끼한 멘트에 'ㅋ'나 'ㅎ'를 붙일 수도 없으니 난감했다. 그저 딱지만 만지작거렸다. 다은이도 할 말이 없는지 애꿎은 테이블만 손가락으로 닦아 댔다. 우리는 몇 모금이면 끝나 버릴 것 같은 커피잔을 쥐고 아무 표정 없이 앉아 있었다. 그 애가 가끔씩 미소를 지을 때면, 허옇게 바른 분가루 너머로 보이는 주근깨인지 모공인지가 도드라져 보였다.

"나, 잠깐 화장실 좀."

그 애가 자리를 뜨면 난 딱지에 집중했고,

"나도 잠깐 화장실."

그렇게 화장실을 들락거렸다. 화장실에서 딱지를 만지작거리다 보면 쓸 말은 분명 있는데 할 말은 없다는 게 이상했다. 할 말이 없는데 대화를 해야 한다고 생각하니 목소리를 내는 통로가 점점 좁아지며 닫히는 기분마저 들었다. 한 시간가량을 보낸 후, 다은이를 학원 근처까지 데려다주고 우리 집으로 가는 버스를 탔다. 다은이는 커피 잘 마셨다는 둥, 두 번째 보니까 키가 그때보다 커 보인다는 둥, 자기가 어제 라면을 먹고 얼굴이 부어서 미안하다는 둥의 메시지와 함께 귀여움이 방울방울한 이모티콘으로 애교를 부리는 것도 잊지 않았다. 휴대전화 창에 보이는 그 애보다 더 그 애 같은 이모티콘에 비로소 마음이 편안해졌다.

다은이가 다시 메시지를 보내왔다. 내일 노래방 데이트를 하
자며 선방을 날렸다. 사레가 들려서 한참 동안이나 켁켁거렸
다. 노래는 대화보다 나으니까 다행인 걸까? 어쨌든 내일 투투
데이를 그냥 넘겨서는 안 된다는 결론을 내렸다. 여친을 데려
다주어야 한다는 것도, 첫 번째 기념일을 챙겨야 한다는 것도,
남의 일을 그냥 넘기는 법 없는, 경험과 공감이 만드는 소중한
'지식in'의 의견이니까.

카페 게시판에 관련 검색어를 넣고 부지런히 엄지를 움직였
다. 엄마는 단지 방 청소를 하지 않는다는 이유로 날 게으름뱅
이 취급했다. 담임은 1교시부터 7교시의 흔적을 책상에 쌓아
두는 것은 공동체 의식이 없는 행동이라며 내게 잔소리를 했
다. 정말이지, 둘 다 날 모르고 하는 소리다.

딱지와 함께 있을 때 나란 녀석은 좀 괜찮다. 내가 가장 오랜
시간 머무는 이 공간에서 나는 다르다. 모르는 것을 검색도 하
지 않고 무턱대고 물어보는 핑거프린스가 아니므로 부지런함
이 증명되며, 읽씹을 모르는 투명한 남자이자, 청정한 댓글 매
너를 장착하고, 오는 정에 가는 정을 실천하는 맞팔로우의 자
세를 갖춘 SNS의 젠틀맨이 바로 나니까. 더욱이 핵심 키워드로

효율적인 검색을 해 내는 스피드, 정확성을 갖춘 영민함까지 뭐 하나 빠지지 않는다.

커플 팬티, 커플 양말, 커플 티셔츠, 커플 링, 장미 꽃 스물두 송이, 커플 타투······.

에이, 이런 건 진부하고 돈도 없어.

원래 이백 원씩 걷는 건 기본이고요. 러브장 하나 만들어 주면 여친이 쓰러져요. ㅋㅋ

이런, 오래된 초딩 같으니. 난 신박한 중딩이라고!

재정 상황 바닥? 그렇다면 립글로스나 커플 휴대전화 케이스는 어떠세요? 선물을 주고 난 뒤에 '사랑해'라고 말하세요. 약간 수줍은 듯 작은 목소리로 하세요. 너무 당당하면 느끼해요~ 귀엽게? ㅋㅋ 그리고 볼에 뽀뽀를~ 스킨십을 해야 친해지죠~ 데이트하게 되면 둘만의 셀카도 같이 찍고 그러세요~ 인스타용으로 예쁘게요. 내가 더 흥분했음!

그래, 이게 좋겠다. 재정난에 허덕이는 나에게 적당한 선물이다. 나의 Pick, 립글로스. 약간 수줍은 목소리, 손을 잡고 볼 뽀뽀하며 셀카. 꺅! 나도 흥분했음!

아, 맞다. 투투 챙기면 빨리 깨진다는 말은요, 이벤트를 자주 하면 질릴까 봐 그러는 거예요. 그래도 안 하면 서운하던데.

경험의 진정성이 느껴지는 깨알 팁까지.

셀카를 찍을 장소를 검색했다. 핑크뮬리를 배경으로 뽀뽀를 하는 연인들이 찍힌 사진이 끝없이 이어졌다. 핑크에 물리는 기분이 들어 검색을 중단했다. 닭다리의 프라이한 고통이 찾아왔다. 내 다리를 끓는 기름에 넣고 튀겨 내는 것처럼 파박거렸다. 변기에 너무 오래 앉아 있었나 보다. 바지를 추어올리고 교실로 향했다.

맛없는 급식일수록 안티 기록의 욕망에 불이 붙는다. 음식과 어울리는 적절한 손가락질과 함께 사진을 찍었다. 빠르게 실시간 업로드를 하고 주머니 속으로 딱지를 넣었다. 작은 떨림이 지속되었다. 이 정도면 '좋아요 300개'는 충분히 넘고도 남을 파동이었다. 기쁨에 겨운 딱지의 떨림에 나도 충전이 되었다. 숟가락을 쥐고 엄지손가락에 힘을 주었다. 숟가락 대가리가 툭, 떨어져 나갔다. 목이 잘린 숟가락이 진몽이 식판으로 골인하는 기묘함이라니.

"봤어? 대박이야!"

밥맛이 없을 때마다 숟가락으로 차력놀이를 했더니 오늘 제대로 탄력받았다.

"야! 더럽게 뭐 하는 짓이냐?"

"아니, 이게 무슨 더러운 일이냐? 놀라운 일이지?"

"얼른 치워라."

"잠깐만, 잠깐만."

이 순간을 놓칠 수 없다. 내 인생의 기록은 딱지와 함께여야 해.

"미친놈, 너 휴대전화 안 낸 것도 모자라 어디서 인증샷질이냐?"

진몽이가 자리를 박차고 일어나면서 소리쳤다.

'찰칵.'

귀신이 지나간 걸까? 한순간 믿을 수 없을 만큼 조용해지면서 내 촬영음이 높고, 커다랗게 울렸다. 그리고 딱지는…… 급식 지도 선생님과 함께 사라졌다.

종례가 끝나고 담임선생님을 따라갔다. 선생님은 나를 투명인간 취급하며 무심하게 일만 했다.

"저, 선생님……. 제 껌딱지, 아니 휴대전화 돌려주시면 안 돼요?"

선생님은 귀까지 안 들리는지 아무 말 없이 출석부를 집어

들뿐이었다.

"선생님!"

"조용히 해! 우리 학교 규정 알잖아? 한 달 있다가 돌려줄 테니 가 봐. 너 벌써 공식적으로만 두 번째야. 이미 너희 어머님이랑 통화했으니 오늘 일은 잘 알고 계실 거다. 너 인마, 이 정도면 규칙을 어긴 게 문제가 아니야. 중독이야, 미쳤다고."

눈물이 핑 돌았다.

"선생님! 미친놈이어도 좋아요. 미친놈이라는 말은 그만큼 열정적이란 거예요. 그러니 제발……."

무릎을 꿇었다. 애초에 자존심이란 걸 무릎에 매단 적 없으니 이런 건 열 번이라도 할 수 있다. 딱지만 찾을 수 있다면.

"선생님, 제가 이렇게 빌게요. 마지막으로 기회를 주세요, 네?"

'마지막'을 말하고 나자 딱지를 향한 마음이 뜨거워졌다. 선생님, 제 애절한 눈빛을 봐 달라고요. 제가 무언가 이렇게 간절히 원한 적 있냐고요.

"너 이러는 거 정말 중독이고, 미친 짓인 거 알지? 가 봐!"

선생님의 단호함에 내 심장이 얼어붙어 버릴 것 같다.

"선생님! 그러면 저 친구 전화번호 하나만 적어 갈게요."

그래, 한 번만 만져 보자.

"정말 기가 막힌다. 하루 연락 안 한다고 어떻게 되는 거 아니잖아. 그리고 아무리 휴대전화에 다 저장해 놓는다고 해도 친한 친구 번호 하나 못 외웠다는 게 나는 이해가 안 간다. 그것도 네 몫이야. 네가 해야 할 기억들을 다 휴대전화에 맡겨 버리고 넌 뭘 기억하고 사는 건데?"

"그러니까요, 번호는 휴대전화가 기억하고 저는 휴대전화가 기억하고 있다는 사실만 알면 되잖아요. 잠깐만 보게 해 주세요."

선생님은 내 말을 끝까지 듣지도 않고 교무실을 나가 버렸다. 몸속 무언가가 쑥 빠져나가는 느낌이 들었다. 나는 손등으로 눈물을 훔쳐 냈다.

교무실에서 쫓겨나 운동장을 서성였지만 교문 밖으로 나가기가 쉽지 않았다. 예전에 딱지를 빼앗겼을 때는 하루 종일 담임을 따라다닌 끝에 되찾았다. 그러니 포기하지 말자. 다시 매달려 볼까? 반성문과 각서라도 쓰겠다고 졸라 볼까? 하아, 이럴 땐 어떻게 해야 하냐고 나의 팔로워들에게 묻고 싶었다.

운동장을 한참 배회하다 발길을 돌려 교무실로 갔다. 아무리 생각해도 선생님이 딱지를 가져갈 이유는 없었다. 왜 안 된다고만 하지? 동의하지 않은 규칙 따위로 날 옭아매려 하는 거지 같은 학교!

교무실은 한산했다. 담임선생님 책상 위는 말끔했고, 퇴근했음을 확신했다. 지난번 딱지를 빼앗겼을 때, 담임선생님이 서랍 속에서 꺼내 주었던 게 기억났다. 담임 자리로 갔다. 서랍을 당겼다. 매끄럽게 열리며 속을 보여 주었다. 심장이 뚫고 나올 것처럼 쿵쾅거렸다. 천천히 한 칸, 한 칸을 열어 보았다. 마지막 서랍을 열자 때마침 새 소식을 알리며 환해지는 딱지와 눈이 마주쳤다.

"여기서 뭐 하니?"

"네?"

"담임선생님 퇴근하셨는데, 왜 여기 서서 서랍을 열고 있는 거야?"

급식 지도 선생님이 왜 다시 내 앞에 나타난 거지?

"그게 아니라……."

"뭐가 아닌데? 몰래 서랍 뒤졌지? 함부로 뭘 갖고 가려고 그런 건데?"

선생님의 시선이 서랍 속 딱지에 꽂혔다. 서랍을 가로막고 선 선생님이 커다란 벽처럼 느껴졌다.

"제 걸 제가 가져가는 게 뭐가 함부로죠?"

딱지에 대한 권리는 나에게만 있다. 나도 모르게 목소리가 커졌다. 여기저기 흩어져 있던 선생님들이 나를 향해 다가오고 있었다. 잔소리 폭탄을 장착하고 점점 더 가까이 왔다. 실룩거리는 입술들이 공포스러웠다. 나는 교무실 밖으로 뛰어나갔다. 이럴 땐 도망가는 게 상책이다. 어디로 도망가야 할까? 딱지를 잃으면서 갈 곳도 잃고 말았다.

딱지와 같이 탈출했어야 했는데. 거기까지 용기를 내지 못한 내가 원망스러웠다.

그린공원 정거장에서 내렸다. 피시방에 갔다. 컵라면 하나를 사서 저녁의 허기를 달랬다. 양손에 쥔 컵라면 그릇이 흔들렸다. 지금의 나를 기록하고 싶지만 아무것도 할 수 없다. 나의 존재를 확인시켜 줄 딱지가 없다. 출구가 없는 어두운 터널 속에 버려진 것 같았다. 터널? 아니다. 내가 딱지와 함께 있던 그곳은 터널이 아니었다. 그냥 그곳은 또 다른 세계 그 자체다.

언젠가 명원이가 왜 노래방에 자기만 빼고 갔냐며 화냈던 기억이 떠올랐다. 명원이와 친하게 지낸 편이었지만 그땐 생각나지 않았다. 명원이는 휴대전화가 없었고 어떤 SNS로도 연결되어 있지 않았다. 딱지 속 어디에서도 찾을 수 없는 이름이어서 명원이를 잊어버렸다.

딱지가 없을 때는 명원이와 놀 수 있었지만 딱지가 있을 때는 명원이와 놀 수 없었다. 딱지 밖의 존재인 명원이를 딱지 안에서 만날 수 없는 것은 당연했다.

딱지가 없다면, 딱지 속에 존재하는 나도 없어질 것이다. 그러면 딱지 밖에 존재하는 나도 명원이처럼 찾을 수 없는 존재가 될 것이다. 생각이 여기까지 이르자 더 분명해졌다. 딱지를 잃는다는 것은 한 세계를 상실하는 일이다.

PC로 메신저와 SNS에 접속해 오늘 나의 부재를 전달했다. 답이 없었다. 대답을 기다리는 몇 분 동안이 숨 막히게 길었다. 딱지는 때가 되면 대답을 알려 주었다. 생각해 보니 딱지랑 같이 있을 때는 기다림이 없었다. 버스를 기다린다, 약속 시간이 되기를 기다린다, 다은이를 기다린다, 그럴 필요가 없었다. 그 시간은 곧 딱지와 함께하는 시간이니까.

대답 없는 컴퓨터 화면을 꺼 버리고 밖으로 나왔다. 공원 벤치에 앉아 이런저런 생각을 하니, 머리가 어지럽고 속이 메스꺼웠다. 손가락이 부들부들 떨리는데 주머니 속 어디에도 딱지는 잡히지 않았다.

집으로 돌아와서는 엄마의 잔소리를 견뎌야 했다. 반나절의 고통이 땀으로 베어 나왔는지 셔츠까지 축축했다. 샤워를 하는 동안 딱지의 울음소리가 들리는 것 같아서 몇 번이고 딱지가 놓여 있던 자리를 바라보았다.

"딱지야, 우울한 밤에 듣는 노래 틀어 줘."

오늘 밤을 마무리하는 음악을 딱지의 선곡으로 듣고 싶었지만.

"딱지야, 내 기분이 얼마나 엿 같은지 들어 볼래?"

아무런 비난도 하지 않은 채, 내 이야기를 들어 주는 딱지를 부르고 싶었지만.

딱지가 좋았다. 내가 물으면 무슨 말이든 대답을 주었다. 엉뚱한 대답을 하며 논점을 흐리고, 말문이 막히면 '잘 모르겠어요'를 반복하는 것도 귀여웠다. 딱지의 그런 태도는 어이없이 날 웃게 만들었고 그러다 기분이 풀어진 적도 있었다. 무엇보다도 한 번씩 내 감정의 쓰레기통 역할을 해 주는 게 고마웠다. 딱지 바깥에서는 내가 뱉는 말 한두 마디에 관계가 뒤바뀌고 깨지기도 했다. 그런데 딱지는 아니다. 분풀이를 해도 쪽팔린 이야기를 꺼내도 다시 말을 걸 때까지 기다렸고 나를 변함없이 대해 주었다. 그건 다은이와 대화를 주고받는 것과 다른 차원의 일이었다. 내가 다은이에게 백 번의 이벤트를 해 준다 해도 다은이가 딱지처럼 나를 대할 수는 없을 것이다.

딱지는 딱지니까.

한 달 같은 하룻밤을 보냈다. 매일을 이렇게 보낼 수는 없었다. 서둘러 가방을 챙겼다. 현관문을 열고 나서자 엄마는 나를 한번 째려볼 뿐 다행히 별말이 없었다.

이른 아침 교무실의 풍경은 어제와 비슷했다. 한두 명의 선생님들이 자리에 앉아 무언가를 하고 있었고, 담임선생님은 없었다. 세 번째 서랍의 위치를 다시 한 번 파악했다. 머릿속으로 시뮬레이션을 가동했다. 서랍을 열고 딱지를 손에 넣고 달리기까지 단 십 초. 꼭 성공할게. 조금만 더 기다려, 딱지야.

호흡을 가다듬었다. 나는 담임 자리까지 단숨에 달렸다. 서랍을 열고 딱지를 잡았다. 그대로 뒤돌아 출입문을 향해 내달렸다. 이 모든 동작을 발끝으로 해냈다. 소리가 크면 사방에서 적들이 달려올 테니까. 계단을 올랐다. 그런데 어디로 가야 하지? 내 계획은 거기까지였다. 그렇다고 교실로 갈 수는 없었다. 그대로 방향을 바꾸어 운동장으로 달려 나갔다. 교문을 벗어났다. 버스 정류장까지 뛰었다. 정차한 버스에 무작정 올라탔다. 버스 문이 닫혔다. 버스가 학교 앞을 벗어나고서야 나는 발바닥을 모두 땅에 붙이고 자리에 앉을 수 있었다. 그제야 손 안의 딱지를 실감했고, 어루만질 수 있었다. 딱지와 나의 체온이 같아져 있었다. 내 손바닥과 같은 온도의 딱지가 반가웠다. 오늘따라 그 느낌이 더 크게 와닿아 비로소 온전한 교감이라는 걸 알 수 있었다.

보조배터리를 연결해 딱지를 충전했다. 지나간 기록들, 새로운 소식들을 모두 읽었다. 나에게는 엄청난 하룻밤이었지만, 딱지 속의 지난밤은 일상 그대로 달라진 게 없었다. 계속 딱지의 이곳저곳을 탐닉했다.

갤러리를 보다가 키득거리는 내 웃음소리에 놀라 고개를 들었을 때, 이 버스가 도심을 벗어나 외곽의 도농복합도시로 가고 있다는 걸 알았다. 무모한 여행을 떠나는 기분이 들었다.

사랑해서는 안 될 누군가와 함께 불안한 여행을 떠나는 영화의 한 장면이 떠올랐다. 단지 나는 내 딱지를 가져온 것뿐인데, 새드엔딩으로 끝날 식상한 영화의 주인공이 된 이 기분, 뭐지? 내가 딱지와 함께 사라진 걸 알게 되면, 나를 미친 도둑놈이라고 욕하겠지? 문득 후회가 밀려들었다.

한 달을 '딱지 없는 나'로 살 것인가, 중학교를 졸업할 때까지 일 년 반을 '미친 도둑놈'으로 살 것인가? 마음을 가다듬고 생각을 정리했다. 두 상황 중 어느 하나도 나은 것은 없었다. 다시 같은 상황이 주어진다면 나는 어떤 결정을 내릴까?

지금 버스 안에 있는 것이 옳았다. 하지만 어째서 그게 옳지? 나는 내가 옳은 이유를 찾아야 했다. 미친 도둑놈이 되어도 좋을 이유이든, 미친 도둑놈이 아니라는 이유이든, 이유가 필요하다.

누군가의 고양이와 누군가의 강아지를 두고 짐승이라고 말하는 사람도 있다. 교감하지 않는 사람, 교감할 수 없는 사람에겐 그저 짐승에 불과하기 때문이다. 그런데 누군가에게 강아지와 고양이는 짐승이 아니라 가족이다. 짐승에서 애완견으로, 애완견에서 반려견이 될 때까지는 시간이 걸렸다. 말의 한 끗 차이를 인정하기까지 시간이 걸린 것뿐이지 강아지와 사랑에 빠지는 사람은 훨씬 오래전부터 있었다. 누가 그들을 욕할 수 있을까? 사람이 꼭 사람만 사랑해야 하는 건 아니다. 마찬가지다. 휴대전화와 사랑에 빠져도 이해해 주는 날이 곧 올 것이다. 그러므로 사람들이 나를 보고 미쳤다고 하는 것은 단지 내가 아직까지 이해를 얻지 못했다는 것이지 정말로 돌아 버린 것은 아니다. 멋진 추론을 해내고 나니 기분이 좋았다.

버스가 서행했다. 버스 경로 반대편 도로에 통제 표시판이 보였다. 우주복을 입은 사람들이 통제된 도로에 서서 뿌연 소독약을 뿌리고 있었다. 구제역 때문일까? 엊그제 본 살처분 장면이 떠올랐다. 인간이 정한 규칙이란 게 참 무섭고 우스웠다. 살아 있는 생명을 내버리는 것이 인간이 정한 끔찍한 규칙이고 명령이다. 겨우 그런 것 따위가 규칙이다. 바이러스를 막을 수 있는 방법이 없기 때문에 감염체를 죽일 수밖에 없다는 결론. 바이러스의 확산을 막기 위해 살아 있는 감염체를 과감히 포기하는 것이 해결책이라고? 이 방법은 구차한 변명조차 되지 못했다. 정말 바이러스 때문이야? 문제와 답은 뒤집혀도 말이 될 때가 있다. 그런데 문제가 뭐였는지 까먹고 스스로 문제가 되니 이거야말로 문제다.

나는 계속 누군가의 무엇을 떠올렸다. 누군가의 도마뱀, 누군가의 자동차, 누군가의 식물들, 누군가의 담요. 담요? 얼마 전에 SNS에 공유되었던 해외 토픽 기사였다. 누군가가 죽으면서 자신과 함께 평생을 보낸 애착 담요에 전 재산을 상속했다는 내용의 기사였으니, 과연 토픽감이었다. 그런데 그 누군가를 꼭 미친놈으로 봐야 할까? 인간과도 교감하지 못하는 인간이 다른 것과 교감할 수 있다면 그건 상 줄 일이 아닌가? 지금은 해외 토픽이지만 내가 어른이 되어 규칙을 정하는 때에는, 이토록 기막힌 것과의 교감을 인정하는 세상이 될 거라고 확신한다. 누군가의 무엇을 두고 미쳤다고 욕만 할 것인가? 무엇을 얻어 보지도, 교감해 보지도 못해서 부러운 거 아니야? 결국 보는 사람의 문제일 뿐이지, 편견을 넘어선 열정이 아닐까!

버스는 우주복을 입은 사람들과 멀어져 갔다. 저 멀리에서 일어나는 일이 우주인의 일처럼 느껴졌다. 그러자 교복을 입고 딱지를 품은 채 여행을 떠나는 일은 자연스럽게 지구인의 일이란 생각이 들었다.

유별날 것 없는 지구인의 하루를 위해 딱지에 버스의 종착점을 검색했다.

이제 딱지와 여행을 시작할 때가 되었다.

휴대전화 다시 찾은 거지? ㅋㅋ 로그온 불 들어와서 넘 좋아. ㅎㅎ 이따 은행동에서 볼 거지?

다은이에게 메시지가 왔다. 이와 동시에 딱지는 내가 내릴 정거장의 사진과 맛집 정보들, 도농복합단지 너머의 핑크뮬리 꽃밭까지 연관지어 보여 주었다.

검색창을 닫았다. 대기 화면이 꺼지고 까맣게 변한 딱지 얼굴 위로 조금 상기된 내 얼굴이 보였다. 딱지 밖에도, 딱지 안에도 내가 있다. 그럼 내가 두 개인 걸까? 세계가 두 개인 걸까?

대화창을 닫았다. 다은이의 메시지에 나는 아무런 댓글도 남기지 않았다.

그리고 딱지 너머의 세계에 대해 생각했다.

"안녕? 그냥 나는 거기 하나면 충분한데, 날 그곳으로 데려가 줄래?"

그곳이 어디인지 다시 한 번 말씀해 주시면 가는 방법을 안내할게요.

딱지가 대답했다. 그래, 네가 대신 말해 줘. 그곳으로 가는 방법도 그곳으로 가지 말아야 할 이유도. 다들 안 된다고만 말하지 진짜 이유를 숨기고 있거든. 그러니 내게 그곳이 안 되는 진짜 이유를 설명해 봐.

펜트하우스에 갇힌 날

짐을 가득 실은 엘리베이터가 15층을 반복해 오르내리는 동안 나는 할 일 없이 주차장을 서성였다. 아파트 입구에 있는 벤치에 앉아 휴대전화를 보았다. 가지고 싶은 것들과 먹부림으로 가득한 피드들. 사진을 보고 있으니 식욕이 돈다. 치즈버거와 감자튀김이 먹고 싶은 오후였다. 콜라를 마시려고 고개를 젖히면 에어컨 냉기에 콧김이 뿜어 나오는 그런 곳에서.

고개를 들었다. 오래된 아파트라 그런지 벤치를 드리운 나무 그늘이 넓었다. 누군가가 다가와 앉았다. 검은 마스크를 쓴 여자였다. 여자가 벤치 앞에 놓인 재떨이용 깡통을 발끝으로 건드렸다. 깡통이 찌그덕거리는 소리가 거슬렸다. 이어폰을 꼈다. 검은 마스크 여자는 계속 침을 뱉었다. 볼륨을 높였다. 침을 뱉는 소리는 사라졌지만 여자의 모습은 사라지지 않았다.

은색 아반테가 시동이 걸리며 서서히 주차 라인을 빠져나갔다. 몸집이 큰 할머니가 차를 가로막았다. 큰 자루 두 개를 보닛 위에 던지듯이 올리며 차를 세웠다. 할머니는 그런 위험에 익숙한 듯이 자연스러웠다. 차에서 내린 아저씨가 할머니를 막고 서서 한참 동안 잔소리를 했다. 아들은 위험한 상황을 만든 엄마한테 화가 났겠지? 나는 소리 없는 드라마를 지켜보다가 귀가 멍멍해질 때쯤, 음악을 껐다.

현관에서 엄마는 이삿짐 센터 아저씨와 실랑이를 하고 있었다.
"이봐요, 사모님. 1톤 트럭 한 대를 더 불렀잖아요. 당연히 추가금을 주셔야지, 이렇게는 못 간다니까요."
"아저씨가 견적 냈고, 여기 이렇게 계약서까지 썼으면서 더 달라는 법이 어딨어요?"
"우리가 일부러 트럭을 부른 것도 아니고, 잔짐이 이렇게 많은 줄 알았나요? 뻔히 보이잖아요. 점심값을 달라는 것도 아니고 제가 더 황당하네요. 이게 무슨 경우래요?"
현관 바로 옆에 붙은 방을 들여다보았다. 싱글 침대에 바짝 놓인 책상을 보니, 의자를 놓기는 틀렸다. 내 침대와 책상이 이렇게 거대했던가?

"우리 딸, 배고프지? 얼른 밥 먹자."

엄마가 밥솥 안에 이것저것 넣고 숟가락을 휘저었다. 까만 콩자반이 데굴데굴 굴렀다.

"우리가 이렇게 짐이 많았나? 이사 다니면서 많이 없앤다고 없앴는데도. 그래도 아저씨가 달라는 거 반만 줘서 보냈으니까 점심은 이렇게 대충 비벼 먹고, 저녁은 뭐라도 사 먹자."

열무는 미지근하고 시큼했다.

"여기가 제일 꼭대기 층이니까 펜트하우스, 그거 맞지?"

엄마가 말했다.

"은유야, 펜스……. 어때? 펜스라고 부를까? 요샌 별걸 다 줄이더라."

엄마가 웃었다.

"왜 꼭 이름을 붙여야 해?"

"그냥, 엄마는 여기가 꼭대기 층인 게 좋아서. 이름도 붙이고, 정도 붙이고 살아 봐야지."

엄마는 비좁은 싱크대 위로 그릇을 올리고, 세탁기 위로, 선반 위로 또 올렸다. 선반에 커다란 고무 대야, 세제통, 전기난로, 콩알과 매실이 담긴 페트병들이 쌓여 갔다. 엄마가 정리를 하면 할수록 짐들은 섞였다. 그럴 수밖에 없다는 걸 나도 알게 되었다. 책과 책상 아래로 옷가지들이, 서랍장 안에서는 연필과 충전기, 지난달쯤 산 틴트, 생리대와 가위, 파우치가 섞였다. 공간이 그렇게 만든 것이다. 천장에 닿도록 짐을 쌓아야 쉴 공간을 마련할 수 있었다.

엄마가 가스 불을 켰다. 집 안이 냄비 속이 되는 건 순식간이었다. 후끈한 열기와 냄새가 섞여 답답했다. 겨우 쉴 공간을 마련했다고 생각했는데 빼앗긴 기분마저 들었다. 복도 쪽으로 나 있는 주방의 작은 창을 열었다. 현관문을 열고 노루발로 문을 고정했다. 현관문 앞에서 몇 발자국 걸으니 바로 난간이었다. 15층 높이가 아찔했다. 무엇이든지 떨어뜨리기 쉬운, 높이가 낮은 난간이었다. 좀 더 고개를 내밀어 아래를 내려다보았다. 나무 위에 무언가가 찢긴 채 걸려 있는 걸 보자 무서웠다. 정면으로 시선을 돌렸다. 큰길 너머로 아파트가 보였다. 조명에 빛나는 '캐슬'이란 글자가 우아했다. 블라인드를 내리지 않아 속이 훤히 보이는 베란다 창 몇 개가 눈에 들어왔다. 러닝 머신 위를 달리는 아저씨가 보였다. 커다란 텔레비전, 테이블을 밝힌 샹들리에가 어른거렸다. 닫힌 창 안은 시원한 냉기로 가득하겠지?

"은유야, 여기 서서 뭐 해? 아, 정말 높다. 지나다니는 사람들 다리만 보다가 뒤통수가 조그맣게 보이니까……. 펜스가 좋긴 좋네. 근데 좀 무서운데?"

저녁엔 뭔가 사 먹겠거니 생각했는데, 엄마는 이 와중에도 저녁 밥상을 새로 차렸다.

"이삿날엔 수제비지. 부추 겉절이 얼른 버무려서 같이 먹으면 되겠다."

언제부터 이삿날에 이렇게 손이 많이 가는 음식을 먹어 왔던가. 반지하 집으로 이사 갔던 날 저녁에는 김치찌개를 먹었던 것 같다. 잘 기억이 나지 않는다는 건, 또 김치찌개였다는 거다. 엄마는 그랬다. 오로지 밥. 라면도 잘 사다 두지 않으니 짜파게티로 달랠 수도 없다. 밥과 콩자반, 장아찌, 여름엔 열무, 겨울엔 김장 김치.

"엄마, 나 씻고 와서 먹을래. 먼저 먹어."

겨드랑이까지 다 젖은 윗옷이 자꾸 달라붙었다.

"먹으면 또 땀 날 텐데? 잠깐만 기다려 봐. 선풍기부터 갖다 놓자."

엄마는 베란다 짐 속으로 사라졌고, 나는 욕실로 들어갔다.

샤워를 해야 하는데, 바로 씻을 수가 없었다. 일단 작은 수납장에 수건을 욱여넣었다. 비누 몇 개와 샴푸, 세제와 청소 솔.

이런 것들을 어딘가로 치워야 했다. 무엇보다도 천장 위까지 까맣게 낀 곰팡이를 닦아 내고 싶었다. 15층 아파트 천장에도 곰팡이가 있었다.

반지하 집 싱크대 옆에는 시멘트를 발라 만든 세면장이 있었다. 거기에 대야를 두고 세수를 했고 머리를 감았다. 아빠와 엄마가 없을 때, 나는 세면장에서 샤워를 했다. 바가지로 물을 떠서 어깨에 대고 조심스럽게 뿌렸다. 싱크대 아래쪽은 물에 젖어 썩어 가고 있었다.

햇빛이 없는 시간을 보낸다는 건, 곰팡이 낀 시간을 견뎌야 한다는 것과 같다. 전세금을 올려 주어야 할 때마다 우리는 이사를 다녔다. 좁은 집으로, 낡은 집으로, 더 불편한 집으로. 그곳에서조차 오래 버티지 못했다. 전세금을 올려 달라는 통보에 억지로 반월세로 전환을 했다.

"보증금을 갉아먹는 생활을 언제까지 할 수 있을 거 같아? 자고 일어날 때마다 지옥이야. 닥치는 대로 먹어 치우는 쥐새끼들과 같이 밤을 보낸 기분이라고. 이것들이 숨어서 또 뭘 갉아먹어 버릴 것만 같다고."

돈을 꾸기 위해 엄마는 여기저기 전화를 걸었다. 그럴 때마다 지하 방 어딘가에서 숨죽이며 밤을 기다리고 있을 쥐새끼의 달싹거림이 느껴져 소름이 돋았다.

돈이 필요했다. 친구들이랑 매점에 가는 일도, 조별 과제를 한다고 커피숍에서 모이는 일도 돈이 없으면 불가능했다. 엄마한테 돈을 달라고 말할 때마다 나도 그 쥐새끼 중 한 마리가 되었다. 그러다가 생각했다. 아빠는 들쥐가 아닐까? 도박으로 빚을 만들며 이 들, 저 들을 파헤치고 가족까지 파먹는 들쥐. 엄마는 어떻게 해서든, 무엇이 되었든 끊어 버리고 싶어 했다. 반지하 집을 탈출하려고 엄마는 이혼을 택했고 이제 엄마와 나, 둘뿐이다. 아빠를 우리 생활에서 끊어 냈을 뿐인데, 무언가의 시작점이라는 생각마저 들었다. 위태로운 상황을 붙들며 지하에 숨어 지내던 날들보다 나을 거라는 생각도 들었다.

"수제비 데워 줄까?"

"아니야, 퍼진 게 나아."

떡처럼 덩어리진 수제비를 숟가락으로 갈라내 한 입 떠먹었다. 엄마가 만든 음식을 먹기 전에는 늘 다른 음식들을 생각했다. 비빔밥을 먹기 전에 치즈버거를 떠올렸고, 수제비를 먹기 전에는 짜장면을 떠올렸다. 몇 숟가락 먹고 나면 다른 음식은 잊어버렸다. 어쩌면 그렇게 길들었는지도 모르겠지만.

유리병이 깨지는 소리가 났다. 엄마가 소리를 질렀다. 병이 깨지면서 무언가 폭발하듯이 터져 나왔고 그와 동시에 검은 그림자가 집 안을 향해 들이닥쳤다. 시커먼 덩어리가 내 눈앞으로 지나갔다. 나는 온몸의 힘이 빠져나가 그대로 주저앉았다.

"은유야, 방금 내가 뭘 헛것을 본 것 같아. 액젓 병을 깨뜨린 것뿐인데 왜……."

엄마도 그 시커먼 것을 봤다는 사실이 무서웠다. 액젓이 흘러서 내 발끝에 닿았다. 소름이 돋았다. 현관 앞에 검은 옷을 입은 여자가 서 있었다. 나는 소리조차 지를 수 없게 얼어 버렸다.

"누구세요? 왜 남의 집에 들어왔어요? 거기 서서 뭐 하는 거예요?"

엄마가 소리쳤다. 현관 앞에 선 엄마 손에는 젖은 걸레가 들려 있었다. 나는 엄마의 등 뒤에 섰다. 검정 민소매 티를 덮은 흰 물방울무늬가 보였다. 내가 기억하는 모든 여름의 엄마는 이 물방울무늬 민소매 티와 함께였다. 두려움이 조금씩 가라앉았다.

"일단 문 좀 닫을게요."

밤을 등지고 선 검은 옷의 여자가 마스크를 쓴 채 웅얼거렸다. 마스크를 통과한 목소리가 습하고 답답했다.

"여기 문이 열려 있어서……. 냄새도 나고……."

현관문을 열고 있었던 게 후회됐다. 그깟 냄새 좀 참을걸.

"밤이가 들어갔어요. 제가 들어가서 찾아도 되나요?"

검은 마스크, 낮에 벤치에서 보았던 여자였다. 액젓 냄새가 저 여자의 마스크에서 뿜어져 나오는 것처럼 느껴졌다.

"아까부터 무슨 소리 하는 거예요? 우리 집에 뭐 맡겨 놨어?"

나이 어린 여자의 황당한 부탁에 엄마 목소리가 한껏 커졌다.

"그게……. 저희 집 고양이가 이 집으로 들어간 거 같아요."

검은 그림자가 고양이였을까? 고양이가 이 집 안 어디에 숨어 있다는 사실에 안도감과 함께 두려움이 일었다.

"엄마, 얼른 찾아서 가라고 해."

직접 말하기가 꺼려져 엄마를 통해 괜한 전달을 했다. 엄마는 자기가 본 시커먼 덩어리가 제발 고양이여야 한다면서 여자에게 얼른 찾으라고 재촉했다. 여자가 우리 집과 공간들을 스캔했다. 이 집에서 밤이인가 뭔가를 찾는 게 내키지 않았지만 어쩔 수 없는 일이었다. 여자는 오래 둘러보지 않았고, 내 방으로 들어가 침대 밑에 얼굴을 붙이고 밤이를 불러냈다. 엄마가 휴대전화 손전등을 켜서 내 침대 아래를 비췄다. 플래시만큼 하얀 눈동자를 밝히며 납작 웅크린 검은 고양이가 보였다. 여자가 팔을 밀어 넣었다. 고양이는 몸을 더 작게 말며 모서리로 숨어들었다. 엄마가 옷걸이와 효자손을 건넸다. 그러자 무엇도

닿지 않는 곳으로 더 깊이 들어갔다. 엄마가 청소용 집게를 건
냈을 때, 여자가 말했다.

"조용해지면 나올 거예요. 제가 잘 달래 볼게요."

불편한 시간이 흘렀지만, 상황은 달라지지 않았다. 남은 짐
들을 정리하는 엄마가 무척 피곤해 보였다. 내일이 일요일이지
만, 또 이사한 다음 날이지만, 엄마는 일을 나가야 한다. 하루
만 쉬라고 말할 수 없었다. 그건 그냥 무력한 말이니까.

"은유야, 엄마는 먼저 자야겠다. 옆집 가고 나면 문단속 잘
해."

낯선 이에 대한 경계와 이웃에 대한 예의 같은 게 마음속에
동시에 작동했다. 침대 아래에는 여자가 앉았고, 난 침대 위에
앉아 가만히 기다렸다. 그래야 고양이가 경계를 풀고 침대 밑
에서 나올 거 같았다. 왜 내가 이렇게 숨죽이고 있어야 하는지
억울한 감정이 북받쳐 왔을 때, 여자가 말했다.

"지금 가 봐야겠어요."

"네? 그게 무슨 말이에요? 고양이는요?"

"아무래도 오늘은 힘들 거 같아서……."

"그게 무슨 말이에요? 이게 미룰 일은 아니잖아요? 저 고양
이가 오줌이나 똥이라도 싸면요? 갑자기 나와서 뭔가 할퀴고

그럼 어떡하려고요?"

우스운 상황도 아닌데, 여자가 웃었다. 기분이 나빴다.

"밤이 아무 데나 오줌똥 싸고 그러지 않아요. 아마 계속 참을 거예요. 그리고 밤이가 왜 안 나오는 건데요? 밤이 겁먹었어요, 잔뜩."

쥐새끼가 숨어 지내고 들쥐가 파먹는 곳에서 겨우 탈출했다고 생각했는데, 고양이라니. 두렵고 무서운 건 나다. 그렇게 탈출해서 온 곳이 '아무 데'라고?

"씨발……."

욕이 튀어나왔다. 이사 온 첫날부터 이런 황당한 상황이 벌어지다니, '씨발'로도 부족했다.

"그럼, 잠깐만 다녀올게요."

여자는 말을 마치고는 검은 마스크로 다시 입을 가렸다. 여자는 몇 걸음이면 닿을 자신의 집으로 가 버렸다. 여자가 나타날 때까지 십여 분 동안 내 방의 문을 닫고 주방에 앉아서 기다렸다. 내 방인데, 여자 없이 내 방에 들어가는 것이 겁이 났다.

여자는 집에서 챙겨 온 물건들로 고양이를 유인했다. 강아지 꼬리처럼 생긴 막대기와 캔 사료를 내밀었지만, 고양이는 날카로운 소리를 내며 경계했다. 제 발로 찾아와서는 두렵다고 숨는 고양이의 습성을 도무지 이해할 수 없었다. 옆으로 누운 여자가 한번씩 "밤이야" 하고 불렀다. 무의식 중에 내뱉는 말소리 같았다. 여자의 등에 닿은 책상 다리를 보면서 생각했다. 똑바로 누울 수 없는, 관보다 좁은 방이라고. 여자의 방에는 책상과 침대가 있을까? 고양이 집은 따로 있을까?

"불 꺼도 돼요."

여자가 검은 마스크를 벗어서 머리맡에 두었다. 창백하고 긴 얼굴이었다. 턱이 뾰족해 더 길어 보이는 얼굴. 불을 끄고 침대에 누웠다. 그러고 보니 여자는 우리 집에 들어온 순간부터 명령 같은 부탁질을 자연스럽게 했다.

더운 밤이었다. 복도를 향해 난 창문은 반지하 방 창문처럼 가짜였다. 바람이 통하지 않았다. 복도에 울리는 구두 소리에, 느닷없이 밝아지는 복도 센서등에 여러 번 눈이 떠졌다. 억지로 눈을 감았다. 이번엔 할짝할짝 소리가 들렸다. 침대 아래에서 고양이는 밥을 먹고 낯선 여자는 잠을 잤다. 여자의 숨소리가 들려왔다. 센서등은 여러 번 밝아졌다 다시 어두워졌고 나는 새근새근한 여자의 숨소리를 들었다. 고요와 잠잠이 느껴지는 숨소리였다.

멸치를 넣은 김치찌개 냄새에 잠이 깼다. 민감한 후각을 가져서가 아니라 민감해질 수밖에 없는 상황 때문이다. 온몸에 끈적이를 발라 놓은 것 같은 습기와 열기가 느껴졌다.

"옆집은 언제 갔대?"

나는 그제야 사라진 여자의 존재와 휑한 침대 밑을 확인했다. 낯선 곳, 낯선 여자, 검은 고양이. 그렇게 무거운 밤을 보냈으면서 찰나에 잊어버린 내가 이상했다.

"펜스에서의 기가 막힌 하룻밤이었다. 그치, 딸?"

어제의 일을 가벼운 에피소드로 여기는 엄마의 말투에서 약간의 흥분 같은 것이 느껴졌다.

"은유야, 어제 그 여자애. 10호 집 맞지?"

"그런 거 같아. 10호 방향으로 가더라고. 근데 왜?"

"어제 이사하느라 정신없는데 10호 집 할머니가 한바탕 사연을 풀고 갔거든. 할머니 혼자 손녀딸을 키웠대. 그 여자 스무 살이라더라. 고등학교도 겨우 졸업하고 지금은 집에만 있는데, 죽을 생각 안 하고 사는 게 기특하다고 하더라."

이야기를 하는 엄마 목소리에 우울함이 깃든다.

"아들은 암으로 먼저 보내고, 며느리는 애를 두고 나가 버려서 감감무소식이지. 공공 근로인가, 그 적은 돈 받아 가면서 어렵게 키웠대. 어리면 어려서 걱정, 크면 큰 대로 걱정, 자기가 손주보다 먼저 가 버리고 나면 제대로 된 집에 시집이나 갈 수 있겠냐 싶어서 걱정, 시집을 안 보내면 혼자 뭘 먹으며 살까 싶어 걱정…… 자기까지 가 버리면 천애 고아가 되는데, 자기가 아무리 병들어 쓸모없어진대도 어떻게든 살아야 한다고 눈물이 질금해.”

“근데 처음 보는 사람한테 왜 그런 얘기까지 할까? 엄마도 설마 무슨 이야기 한 거야?”

“뭐 하러 해? 우리가 그런 사람들이랑 같아? 그리고 내가 뭐 그 할머니처럼 사연 많은 사람이야?”

엄마의 목소리가 날카로워졌다. 우리가 무엇이 어떻게 다른지 궁금했다. 우울의 깊이를 어떻게 따질 수 있을까?

“넌 이제 엄마랑 둘이 지낼 거니까 다른 건 아무것도 신경 쓰지 마. 짐 정리는 대충 해 놓고, 밥 먹고 공부해. 삼 년만 고생하면 돼. 교대만 들어가 봐. 너는 나처럼 살지 말아야지. 집중 안 된다고 음악도 크게 듣지 말고, 응? 나중에 귀 안 들려, 그러다가. 휴대전화 종일 들여다보지 말고. 본다고 뭐가 달라져? 그런 거 아무것도 아니야. 아까운 시간은 누가 채워 준다니? 하루 종일 서서 바코드 찍는다고 삑삑 소리만 듣고 있는 게 얼마나 힘든지 알아? 삑 소리만 듣다가 내 인생도 삑 가 버릴 거 같다고.”

결국, 잔소리가 시작됐다. 잔소리의 끝은 아빠에 대한 원망

이었다. 일하지 않으면서 도박으로 큰돈을 바라며 사는 구제불
능 인간. 엄마가 내 시야에서 사라지면 엄마의 욕도 끝이 났지
만, 고된 노동을 하는 내내 엄마 속에서는 욕이 끓고 있을지도
모를 일이다. 아침이면 시작되는 병적인 엄마의 잔소리. 그게
엄마의 병이라면 엄마는 아픈 것일 텐데, 그것에 대해서는 생
각하지 않았다. 그냥 싫었으니까.

김치찌개가 식어 버렸다. 미꾸라지만큼 불은 멸치를 보자 식
욕이 사라졌다. 멸치를 건질 여유가 없는 엄마의 시간을 생각
하면서 다시 침대에 누워 버렸다. 고양이는 이제 없다. 그런데
도 어제의 기억에 불편한 감정이 치솟았다. 집 안 공기가 더워
서일까? 공기가 노래진 걸까? 바깥 공기가 필요한 걸지도 모르
겠다.

모자를 눌러쓰고 나와 엘리베이터 버튼을 눌렀다. 엘리베이
터가 11층에서 멈추었을 때, 아기 띠로 아기를 안은 여자가 탔
다. 여자의 눈썹에 박힌 피어싱이 눈에 띄었다. 앳된 얼굴, 가
는 팔다리가 여자의 퍼진 몸통과 균형이 맞지 않았다. 11층 여
자는 자기 얼굴로 아기 얼굴을 몇 번이나 비볐다.

엘리베이터가 2층에서 다시 멈추었다. 어제 주차장에서 봤던
할머니가 탔다. 할머니는 자루가 실린 손수레를 밀었다.

"에구, 다리야. 젊은 사람아, 이것 좀 끌어 봐."

젊은 사람이, 누구?

"아이고, 아기가 하루하루가 다르게 크네. 애가 뽀얀 게 엄마 젖이 참젖인가 봐. 나는 젖통만 컸지 순 물젖이었어."

11층 여자가 아기를 두 팔로 감쌌다.

"젊은 사람아, 얼른 안 내리고 뭐 해?"

엘리베이터가 1층에서 멈추자 할머니는 수레를 두고 홀가분하게 내렸다. 할머니 짐을 내가 왜 들어야 하냐고 따지고 싶었지만 나는 이미 수레를 끌며 엘리베이터 밖으로 나가고 있었다. 할머니가 빨간색 구형 마티즈 앞에 서서 억지로 문을 열었다.

"어차피 주차장 돌아서 버스 정류장 나갈 거 아니냐고? 같이 탄다고 뭐 기름이 더 닳아? 늙어서 안 아픈 데가 없어. 몸 불편한 노인이 짐을 들고 가면 먼저 들어 주지는 못할망정……."

어제의 장면이 내 일방적인 해석이라는 걸 알았다. 도움을 강요하는 할머니의 모습을 보면서 수치심이 왜 내 몫이 되어야 하는지 알 수 없었다. 나는 수레를 그대로 두고 아파트 뒤편으로 돌아갔다.

아파트 뒤 작은 화단의 나무는 해가 잘 들지 않아서인지 몸통도 가지도 가늘었다. 가느다란 가지에 찢어진 봉지가 걸려 있었다. 터진 봉지에서 흘러나온 음식물과 쓰레기들이 한데 엉

커 나뭇가지와 같이 썩고 있었다. 여기는 화단이 아니었다. 하늘에서 떨어뜨린 쓰레기들의 공동묘지였다.

길 건너편 아파트를 보았다. 단단한 차단기가 열리면 반짝이는 자동차들은 지상에서 사라졌다. 캐슬 모양 은빛 조형물이 놓인 잔디 위로 스프링클러가 돌아갔다. 안개처럼 쏟아지는 물방울과 햇살이 만나 무지개 프리즘을 만들어 냈다. 정신을 잃을 것 같은 아름다움이었다. 현기증이 났다. 아침에 눈을 떴을 때 느꼈던 열이 몸 구석구석으로 파고들었다. 하늘이 노랗게 보이더니 조각조각 나누어지며 날카로운 유리처럼 깨져 쏟아졌다. 견딜 수 없는 무게 때문에 그대로 누워 버렸다. 도로의 소음도, 눈앞의 광경도 모두 사라지고, 조각난 노란 하늘만 눈에 담겼다.

몇 시간이 지난 걸까? 눈을 떴다. 검은 마스크의 여자가 나를 내려다보고 있었다. 옆집 여자의 다리 사이를 오가며 얼굴을 비비는 누런 고양이도 보였다.

"너, 왜 여기서 자?"

"……네?"

"여기 더러워. 이렇게 모래가 있는 곳은 고양이들 화장실이거든."

배터리가 없어 휴대전화 화면이 어두워져 가는 것처럼 4퍼센트, 3퍼센트……. 다시 꺼져 버릴 것 같은 느낌이었다. 왜 눈을 떴을 때 만난 사람이 하필 어젯밤 잠들기 전에 보았던 옆집 여자일까?

"왜 거기서 자고 있었어? 햇볕 때문에 무지 더울 텐데."

"근데 왜 아까부터 반말이세요?"

"아, 정말 내가 그랬네?"

기괴한 웃음소리가 마스크를 뚫고 나왔다.

"왜 계속 대답을 안 해 주는 거야?"

"나도 몰라요. 거기서 자고 싶은 사람이 어디 있어요?"

여자를 피해 집에 가고 싶었다. 그러나 같은 엘리베이터를 탔고, 두세 걸음이면 닿을 간격을 두고 각자의 집 앞에 섰다. 현관문 앞에 바짝 붙어 서서 비번을 눌렀지만 문은 열리지 않았다. 새로 비밀번호를 세팅하지 못했다는 것을 알았다. 엄마에게 전화를 걸었다. 신호음이 길게 이어졌다. 메시지를 남겼지만 엄마는 당장 읽지는 못할 것이다. 다시 온몸에 열이 퍼지는 게 느껴졌다. 바깥에서 들어오는 소리가 뭉개지고 내 한숨소리가 고막에 날카롭게 꽂혔다. 쓰레기를 걸친 죽은 나무들이 솟아오르고 있는 걸까? 내가 가라앉고 있는 것일까? 여자가 나를 붙잡았다. 나는 휘청거리고 있었고, 내 팔을 잡는 여자의 단단한 힘이 그걸 멈추었다.

"물 마셔."

여자가 건넨 물을 마시자 살 것 같았다. 여자는 선풍기 코드를 길게 늘여 내 앞에 놓고 틀었다. 오래되어 보이고 더 낡아 보였지만 여자의 집도 내가 이사 온 집과 똑같았다. 작은 화장대 옆에는 커다란 나무 옷걸이가 한자리를 차지하고 있었고, 나무 옷걸이는 켜켜이 쌓인 검은색 옷들로 덮여 있었다. 그 옆에는 크기가 다른 종이 상자들이 여러 개 놓여 있었는데 상자마다 담요나 방석이 깔려 있었다. 한 상자 안에서 까만 고양이가 자고 있었다.

여자가 밥상을 들고 들어왔다. 밥상에는 라면이 담긴 핑크색 그릇 두 개가 놓여 있었다. 매콤한 냄새와 크림향이 식욕을 자극했다. 나는 단숨에 먹어 버렸다. 라면스프와 치즈, 크림소스가 섞였는데 어딘가 불량스러운 맛이 매력적이었다.

"이거 뭐예요?"

"까불. 세 개 끓여서 반반 담았어. 이건 한 개로는 부족하거든."

"까불?"

"너 이걸 몰라? 까르보나라 불닭 볶음면이잖아."

나도 모르게 웃음이 터졌다. 여자가 따라 웃었다. 여자의 창백한 얼굴이 환해 보였다.

"어제 밤이가 너희 집에 들어간 건, 이해할 수 없는 일이면서도 또 이해가 가는 일이었어. 너 이사 오기 전까지 너희 집에 살았던 아저씨가 우릴 자주 괴롭혔어. 그 아저씨 정말 무서운 사람이야."

여자가 움켜쥔 젓가락으로 상을 내려쳤다. 선풍기 바람이 서늘하게 느껴졌다.

"언제부턴가 내가 죽을지도 모른다는 생각을 떨쳐 버릴 수가 없었어. 떠나고 싶었어. 그런데 나는 여기 말고는 다른 곳에 살았던 기억은 없거든. 이사 가고 싶다는 마음으로 이사를 갈 수 있는 건 아니잖아? 그 집에 살던 놈은 미쳤어. 엘리베이터를 탈 때도, 집에 들어올 때도, 집 안에 있을 때도 내내 불안했어. 그놈은 우리 집 문 앞에다가 음식물 쓰레기를 던지고 갔고, 문을 발로 차면서 날 죽이겠다고 말했어. 그럴 때마다 할 수 있는 건 숨는 것뿐이었어. 경찰에 신고하면 우릴 더 해코지할 거란 걸 알고 있었거든. 그전에 경찰에 신고했던 거 때문에 그놈이 우리 집 현관문을 칼로 긁어 놨고, 며칠을 집 안에 갇혀 지낼 수밖에 없었어. 아무도 없는 것처럼 내가 내 집 안에서 숨죽여야 했어. 나 때문이든, 우리 집 고양이 때문이든 어쨌든 그

미친놈이 분노하는 대상은 우리였어. 그리고 결국에는 하늘이를 지키지 못했어. 갑자기 하늘이가 사라졌고, 다음 날 문 앞에 상자가 하나 놓였어. 상자 안에⋯⋯."

여자가 말을 멈추었다. 여자의 말이 믿기지 않았다. 그러면서도 익숙하게 들어 왔던 이야기 같아서 여자의 불안을 이해할 수 있었다. 집 안에 숨어 숨죽여야 했던 그 공포를 나도 아니까. 언제 찾아올지 모를 빚쟁이들, 전화벨 소리, 창밖의 걸음 소리. 나중에는 아빠가 오는 것도 무서웠으니까.

"어젯밤엔 밤이를 찾으러 가는 게 무서웠지만 망설이다가 밤이도 잃게 될까 봐 용기를 내서 너희 집에 들어간 거야. 밤이는 아마도 하늘이가 너희 집에 있다고 생각했던 것 같아. 이제 하늘이가 너희 집에 없다는 사실을 알았을 거야. 너희 집에서 하룻밤을 보내면서 나도 그놈이 없다는 사실을 실감할 수 있었고, 하늘이한테 너무 미안하지만 마음을 놓을 수 있었어."

"그럼, 우리 집에서 살던 아저씨는 어디로 갔어요?"

"그게 정말 궁금해?"

여자가 내 질문을 되물었다. 뒤틀린 미소를 지었다.

"이사가 쉬운 게 아니라면서요. 어떻게 나가게 된 거예요?"

"그딴 게 뒈졌는지 살았는지 따위는 몰라도 돼. 그놈이 없어졌기 때문에 네가 온 건 맞지만, 네가 여기 온 이유가 그렇다고 그놈 때문은 아니니까."

미친 아저씨가 사라지고 난 후, 그 집에 당도한 우리의 현실을 생각했다. 끔찍한 누군가가 살던 집이라서 드는 두려움보다 부끄러움이 앞섰다. 여자의 말대로 우리가 이사 온 이유는 그놈이 없어져서가 아니라 우리에게 없는 것 때문이니까. 우리는 집도 없고, 아빠도 없고, 그래서 그 두 가지가 없는 한 계속 살 수 있는 집을 얻었다. 이 사실은 우리가 이곳에서 사는 동안 여기를 떠날 수 없는 이유가 될 테니까. 엄마의 말이 생각났다. 우리 집이 펜스라고? 펜트하우스가 아니다. 여기는 그냥 펜스Fence. 우리가 이곳으로 찾아 들어온 걸까? 여기에 우리가 갇힌 걸까?

"이제 가 볼게요."

"또…… 올래?"

"네?"

"한 개 반보다는 세 개를 끓여야 맛있거든."

세 개여야 맛있다. 그 말을 알 것 같았다. 부드럽고 매운맛의 여운이 입안에서 맴돌았다. 여자가 희미하게 웃었다. 밤이가 여자의 무릎 사이를 파고들자 여자가 밤이를 어루만졌다. 여자의 손목에는 바코드 자국이 희미하게 남아 있었다.

나는 아파트 밖을 빠져나와 출구를 찾아 걸었다. 무지개 프리즘이 보고 싶어 길 건너편 아파트를 보았지만 어스름이 내려

앉은 이 시각에 무지개 따위는 없었다.

엄마에게 전화가 왔다.

"은유야, 계속 집에 못 들어간 거야? 문자 이제 확인했어. 일단 아파트 입구로 나와."

버스 정류장에 서서 엄마를 기다렸다. 고단한 하루를 보내고 집으로 오는 엄마를 생각했다. 쓰러질 것 같은 나를 잡아 준 옆집 여자를 생각했고, 아기를 안은 앳된 모습의 11층 여자를 생각했다. 날마다 전투하듯 자루를 들고 나가는 2층 할머니도.

가지지 못한 것 때문에 이사를 온 게 아니라 우리가 가지고 있는 것을 지켜야 하기 때문에 이사를 왔다는 걸 알았다. 그러니까 소중한 것 때문에 우리는 여기에 왔다. 한쪽 눈을 감고 정류장에서 보이는 109동을 보았다. 웨하스처럼 작아진 아파트를 두 손가락 사이에 넣었다. 그러고는 눈을 감고 그대로 한입에 삼켰다.

"아휴, 뭐 하니? 엄마 내리는데 수박 안 들고."

수박을 감싼 노끈이 팽팽했다. 살을 파고드는 노끈 때문에 손마디가 빨갛게 부어올랐다.

"엄마는 너 잘 먹일 거야. 이사 왔으니까 더 잘 해 먹이고, 잘 살 거야."

무거워서 던져 버리고 싶은 수박을 억척스럽게 들고 온 엄마가 말했다.

"이 무거운 걸 어디서 사서 버스를 탄 거야?"

"일 마치고 나오는데 마침 트럭이 있잖아. 그래도 여름인데 수박 한 통 사 먹어야지. 그래야 더위 안 먹고 남은 여름 잘 나지."

마트에서 내내 수박을 팔다 온 엄마는 트럭에서 거대하고 싼 수박을 발견하고는 낑낑거리며 여기까지 들고 왔다. 우리는 이제 겨우 이곳에 도착했다. 수박을 들어 품에 안고 펜트하우스를 향해 걸었다. 한 걸음, 한 걸음이 무겁다.

"비도 안 왔는데 뭔 수박이 이렇게 싱거워?"

엄마가 하얀 설탕을 꺼내 와 수박 위에 부었다. 수박이 녹는 건지 설탕이 녹는 건지 알 수 없다. 나는 아무 맛도 나지 않는 수박을 계속해서 먹었다.

박하의 계절

"너, 키스 해 봤어?"

"어?"

다솜이의 갑작스러운 질문에 어리둥절했다. 솔직히 대답할 수도, 거짓말을 할 수도 없다. 정신 차리자. 이 타이밍에서 중요한 건 질문의 의도다.

"그런 건 왜 물어?"

"그냥, 너랑 해 보고 싶어서."

다솜이가 내게 다가오며 속삭이듯 말했다. 얼굴이 터질 것 같이 달아올랐다. 아니, 온몸이 뜨거워졌다. 심장박동이 빨라지고 끓어오르는 피가 어느 한곳으로 쏠리는 것이 느껴졌다.

말 한마디에 나의 신경계가 이렇게 무너지다니.

다솜이가 내 눈을 바라보다가 자기 입술로 내 입술을 덮었
다. 부드러웠다. 다솜이가 나한테 왜 이러는지는 나중에 생각
할 일이었다. 지금은 행위에 충실할 때이다. 아드레날린에 이
어 침샘까지 폭발했는지 입안에서 구르는 침을 삼키지 않을 수
없었다.

꼴깍.

침 넘어가는 소리가 이렇게 부끄러울 줄이야. 키스! 그러니
까 그, 그걸 어떻게 움직여야 할지 겁이 났다. 그렇다고 계속
이러고 있는 것도 겁쟁이 같다. 그때였다. 다솜이의 따뜻한 입
술이 내 입술을 빨았다. 그러고는 턱을 빨았다. 이거 실화냐?
이토록 강렬한데, 집중할 수 없다는 게 미스터리다. 첫 키스가
분명한데 이 느낌, 익숙했다. 마치 뿌니의 습격처럼. 뿌니?

무거운 눈꺼풀이 번쩍 들렸다. 내 가슴을 질근질근 밟으며
헐떡거리고 있는 우리 집 강아지 뿌니의 혓바닥이 보였다. 이
런 개꿈 같으니.

머리맡의 휴대전화를 확인했다. 대학로로 출발했다는 민기
와 승한이의 메시지에 마음이 바빠졌다. 욕실 바닥에 팬티를
던져 놓고 자근자근 밟으며 샤워를 했다. 몽롱했다가 불쾌했다
가 야릇해졌다. 뒤섞인 감정들이 물줄기와 같이 쏟아졌다. 요

새 들어 다솜이 생각을 지나치게 많이 한 게 화근이었다. 다솜이를 꿈속으로 소환해서 망측하기 짝이 없는 첫 키스를 하다니. 물기를 꼭 짠 팬티를 세탁기를 향해 던졌다.

거울을 보았다. 언제쯤 검푸르고 단단한 진짜 수염이 생길까. 밤사이 올라온 수염은 어떻게 내 모공을 뚫고 나왔을까 신기할 정도로 가느다란 솜털이다. 밀기에는 애매했지만 내내 거슬릴 게 뻔하므로 면도기를 꺼냈다. 그러나 불길한 예감은 빗나가지 않았다. 충분히 거품을 내지 못해서인지 면도날에 수염이 걸리면서 붉은 핏자국이 생겼다. 연고 바르기 생략, 앞머리 웨이브 주기 생략. 절대로 생략해서는 안 되는 일 때문이었다.

렌즈 통을 열어 세척액을 부었다. 소프트렌즈니까 앞뒤가 뒤집어지지 않도록 약지에 힘을 빼고 노련하게 움직였다.

'소프트하니까 노련하게?'

다솜이의 입술은 부드러울까? 다솜이는 작년에 나와 같은 2학년 3반이었다. 동그란 얼굴에 커다란 눈이 예뻤다. 무엇보다 별거 아닌 이야기에 화통하게 웃는 리액션 덕분에 기분이 좋아지곤 했다. 복도까지 쩌렁쩌렁 울리는 웃음소리에 높은음자리표같은 손뼉 소리. 3학년 때도 다솜이와 같은 반이 된 것이 싫지 않았다.

겨울방학을 보내고 3월, 다솜이는 많이 변했다. 진하게 바른 오렌지빛 눈 화장에 휘황찬란하게 솟은 속눈썹, 동그란 눈을 덮은 초록색 컬러렌즈까지. 내 곁에 다가올 때면 짙은 향수 냄새가 코를 찔렀다. 다솜이는 허벅지를 겨우 가린 치마조각을 입고서 니킥을 날리기도 했고 거침없이 의자 위로 다리를 올렸다. 쥐가 나지 않을까 걱정될 정도로 타이트한 치마를 입고서 그게 가능하다는 게 신기했다. 그룹 채팅방에서 민기와 승한이가 다솜이의 속옷인지 바지인지 모를 것을 봤다며 키득거릴 때는 나도 따라 웃어 버리곤 했다. 자꾸 가슴이 두근거렸다. 이런 게 좋아하는 감정일까? 그게 무슨 감정인지 알 수 없어서 괴상한 꿈을 꿨던 걸까?

깊은 한숨이 나왔다. 그 바람에 눈동자 위에 얹으려던 렌즈가 손가락 끝에서 달아나 버렸다. 어깨, 머리카락, 세면대, 변기 아래, 배수관 뒤쪽, 하수구, 타일의 면면. 플래시를 비춰 들고 모두 살폈지만 보이지 않았다. 이런 날 일회용 렌즈 하나 남아 있지 않다니. 개꿈에 이어 개빡치는 상황에 짜증이 났다. 렌즈를 포기하고 띠용이 안경을 써야 한다는 그 자체로, 불행한 아침이다.

주목받기에 충분한 풀 코디는 안경이 덮이자 우중충해졌다. 지하철 차창을 바라보며 여러 번 내 모습을 점검했지만 대하를 새우젓같이 작은 눈으로 바꿔 버리는 띠용이의 위력을 실감할 뿐이었다.

대학로 소극장 지하 계단은 아이들의 땀내와 체온으로 데워져 있었다. 극장 안에 들어서자 공연장 스태프가 앞자리로 가라며 내 뒤를 따라왔다.

"저기요, 제 친구가 A166에서 기다리거든요? 제 자리는 따로 있다고요."

"아까까지 그랬을지 몰라도 지금은 좀 더 빨리 도착한 학생들이 다 차지하고 맨 앞자리만 남았어요."

스태프는 계속해서 나를 앞으로 내몰았다. 앞자리라고 해서, 승한이와 민기와 떨어졌다고 해서, 최악일 것은 없다. 나는 그들에게서 점점 멀어져 갔다. 승한이와 민기가 나를 발견하더니 오버하며 웃어 댔다. 평소와 다름없는 모습인데, 아찔한 거리감을 느꼈다.

같은 공연을 보러 온 다른 학교 아이들 틈에 어색하게 앉았다. 아이들의 휴대전화 화면이 여러 가지 색으로 빛났다. 다들 곧 시작될 공연보다 휴대전화 영상에 더 관심이 있는 듯했다. 앞으로 보게 될 연극이 코미디인지 드라마인지 공포인지, 과연 우리 중에서 누가 알까?

얼마 전, 3학년 첫 지필고사가 끝났다. 나는 스스로 하식이라는 것을 증명해 버리고 말았다. 하식이는 원래 내 이름이지만 시험이 끝난 직후 핫한 이름이 되었다. 나는 '상식 없는 하식이'로 불리며 놀림받았다.

"그래, 나 하식이다. 근데 그냥 하식이가 아니라 박하식이야!"

박하, 하고 부르면 '식'은 하의 목청소리 사이로 숨어 버려 잘 들리지 않았다. 그러면 난 그냥 하얗고 시원한 박하다. 그런데 상, 중, 하, 세 개 반으로 분리한 수준별 영어 수업 때문에, 한두 문제 차이로 '하' 반에 들어가 버리면서 나는 그냥 모두의 하식이가 되었다. 그날로부터 영어 교실은 상식이, 중식이, 하식이 반으로 불렸다. 겨우 한 문제 때문이었지만, 매번 그 한 문제가 우리를 나누었고 변명할수록 한 문제를 옹호하는 꼴이 되곤 했다. 한 문제 차이는 결국 등급을 가르는 기준이 되었다. 고기도 2등급까지만 매기는데 인간인 내게 '4'라는 등급을 매긴 것 자체가 절망이었다. 재미가 없었다. 아무런 의욕도 생기지 않았다. 아니라고 생각하고 싶었지만 패배감이 나를 덮쳤다.

공연이 시작되었다. 공연장 안은 덥고, 무대에서 내뿜는 안개로 축축했다. 알프스 소녀와 비보잉 소년의 몸짓과 노래는 내게 아무 의미가 없었다. 시간이 지날수록 공연에 집중할 수가 없었다. 그런데 갑자기 알프스 소녀 복장을 한 여자가 무대 아래로 내려와 내 손을 잡아 나를 이끌었다. 아이들의 환호가 들려왔다. 내 뜻대로 되는 게 하나도 없었다. 체험 학습마저도. 순간 울컥했지만 전교생 앞에서 망신을 당하지 않으려면 정신을 차려야 했다. 나는 알프스 소녀가 이끄는대로 무대를 뛰어 다녔다.

방향을 모르는 내 몸은 어디로 갈지 알 수 없어 허우적거렸다. 넘어질까 봐 발가락에 힘을 줬더니 쥐가 날 거 같았다. 그러다가 무대 한가운데 놓인 의자에 앉혀졌다. 모든 조명이 꺼지고 스포트라이트가 나를 향해 켜졌다. 나는 재빨리 안경을 벗어서 주머니에 찔러 넣었다. 순발력, 죽지 않았어! 다솜이에게 띠용이를 쓴 모습은 절대로 보여 주고 싶지 않았다.

머리 위 조명이 꺼졌다. 조명은 비보잉을 하던 남자에게로 향했다. 비보잉 남자는 무대 아래로 내려가 어느 학생의 손을 잡고 무대로 올라왔다. 긴 머리카락이 어둠 속에서 출렁거렸다. 설마 다솜이? 다솜이를 이렇게 만나려고 어제 그 꿈을 꾸었을까? 축축하게 배어 나온 손바닥 땀을 바지에 닦았다. 다가오는 크고 작은 그림자를 보았다. 비보잉 남자는 작은 그림자를 내 앞 의자에 앉히고 사라졌다. 어두운 데다가 뵈는 게 없는 눈이라 누구인지 알아볼 수 없었지만 다솜이는 아니었다. 진한 파우더향이 맡아지지 않았다. 다행이었다. 이 이상 더 내 신경계가 날뛴다면 호흡곤란으로 쓰러질 거 같았다.

무대 위 의자에 앉은 여자애가 머리카락을 여러 번 귀에 꽂았다. 긴장한 게 느껴졌다. 장막이 내려와 나와 여자애를 감쌌고, 우리는 서로 마주 본 채 앉아 있었다. 무릎 위에 올려놓은 여자애의 손이 꼼지락거렸다. 손등이 도톰하고 넓어서 수제 돈가스가 생각났다. 포동포동한 손가락이 곰실곰실 움직였다. 저렇게 꼼지락거리는 손가락을 오랫동안 바라보았던 기억이 떠올랐다.

"박하……?"

나지막한 목소리가 바람을 타고 흔들렸다. 내 이름을 부르는 소리가 턱을 스치며 날아가는 것 같았다.

"너, 누구야?"

"박하, 맞구나. 근데 실망이다. 모르는 척하고 싶다는 뜻인 거지?"

여자애는 얼굴을 가린 머리카락을 곰손으로 걷어 올렸다. 곰손? 오동통한 손으로 이것저것 그려 내던 금손 같은 곰손? 뭐든 쓱쓱 그려 내며 표현해 내던, 곰손?

여자애는 머리카락을 양손으로 나누어 뒤로 잡으며 쪽진 머리를 만들었다.

"이러기냐? 나 선인이야, 조선인."

선인이라고? 나는 주머니 속의 안경을 꺼내 썼다.

"너 안경 벗고 있어서 나도 못 알아볼 뻔했어. 이제야 더 박하 같다. 그동안 잘 지냈어?"

선인이는 6학년 때, 나와 같은 반이었다. 초등학교 졸업식을 앞둔 무렵, 엄마는 학군이 좋다는 동네로 서둘러 이사를 강행했다. 엄마 때문에 나는 친구들과 인사도 나누지 못한 채 헤어졌다. 날 위해서라는 명분으로 움직일 때면 엄마는 자신감을 얻었고, 난 그 반대였다. 친구들을 그리워할 겨를도 없이 낯선 학원가를 떠돌며 새 학교에 적응하는 일은 힘겨웠다.

"선인이…… 근데 이게 도대체 무슨 상황이냐?"

"너, 여전하다."

"어?"

"박하, 지금 여긴 알프스 소녀와 비보잉 소년이 꾸는 꿈속 상황이야."

어젯밤 꿈은 이미 달아나 버렸고 지금 꾸는 꿈 때문에 정신이 없었다. 그 순간 우리를 둘러싼 장막이 무너지며 사라졌다. 우리는 다시 그들의 손에 이끌려 무대를 뛰어다녔다. 나의 의지와 상관없이 움직일 수 있다는 게 어리둥절할 뿐이었다. 남자와 여자가 휘두르는 스핀에 따라 돌았고 한 지점에서 선인이를 만났다. 비보잉 남자가 어디선가 가져온 하트판으로 나와 선인이의 얼굴을 가렸다.

"풋……."

선인이가 웃었다. 웃음소리와 함께 쏟아져 나온 숨결이 내 얼굴에 닿았다. 선인이가 나를 바라보다가 내 턱에 손가락 하나를 얹었다. 손가락에서 따뜻하고 부드러운 감촉을 느낄 수 있었다. 아이들의 비명 같은 환호 소리가 아득하게 들려왔다.

누구의 꿈속인지 모를 상황이 종료되었고, 나는 자리에 돌아와 앉았다. 쉽게 마음이 진정되지 않았다. 나는 공연이 끝날 때까지 멍하니 앉아 있었다.

무대 인사가 끝나자 사회자가 공연에 협조해 준 남학생과 여학생을 찾았다. 낯선 아이가 1층 준비실로 가라며 말을 걸었다. 안경을 벗은 것도 아닌데, 내 눈앞에 보이는 것들은 모르는 것 투성이다.

나는 줄을 밀치고 나갔다. 그러나 누구도 쉽게 자리를 내주지 않았다. 비좁은 통로를 가득 메운 뒤통수들을 바라보았다. 선인이네 학교에서 왔다면 이들도 나와 같은 열여섯이다. 줄줄이 따라 나가 밥을 먹고 배회하겠지? 또 저녁이 되면 줄줄이 학원으로 향하겠지? 줄 밖으로 나가고 싶다는 생각이 들었다. 이렇게 서 있는 자체가 수치스럽게 느껴졌다. 의자들을 밟고 출입구로 가로지를까, 근데 먼저 나가는 게 무슨 의미가 있을까? 의자를 짓밟는 건 추해 보일 뿐이다. 휴대전화 그룹채팅방 메시지 알림이 여러 번 울렸다. 그대로 홈 버튼을 눌러 버렸다.

여전하다고 한 말, 무슨 뜻일까? 선인이는 말이 별로 없었다. 쉬는 시간이면 두꺼운 책을 꺼내 읽거나 노트에 무언가를 끼적였다. 선인이는 표현하고자 하는 것을 그대로 만화로 그렸다. 선인이의 만화는 유쾌했다. 캐릭터의 표정과 대사, 기승전결의 묘미. 그런데 사실 나는 선인이의 만화보다 만화를 그릴 때 꼼지락거리는 손가락이 더 좋았다.

'봐 봐, 자유라는 단어는 이렇게 만들어지는 거야.'

손가락이 내게 말을 걸며 자유를 뽐내는 것 같았다. 한번은 나도 모르게 선인이의 손을 만졌다. 갑작스러운 손길에 선인이는 의도를 감지하려고 애쓰는 강아지처럼 나를 바라보았다. 그 순간이 멋쩍어서 더 괴상한 말을 내뱉었다.

"네 손 말이야, 집에서 키우고 싶어."

선인이의 손을 잡은 내 손에서 느껴지는 떨림, 그 순간 선인이가 손등을 세우고 강아지처럼 내 손바닥 위에 손가락을 놓고 움직이며 미소 짓던 모습, 그때의 기억이 떠올랐다.

나의 무엇이 변하지 않았다는 걸까. 그때로부터 삼 년이 지났다. 내가 어땠는지, 지금은 어떠한지 앞으로 어떨 것인지 아무 것도 모르겠다. 내 앞에 놓인 하루도 알지 못하는데, 타인이 내게 건네는 여전하다는 말이 무슨 의미가 있을까?

'여전하다.'

아무것도 아닌 말일 텐데 덩어리처럼 걸려 내려가지 않았다. 왜 내 턱을 만졌을까? 그게 그 장면에서 자연스러웠다고 하더라도 그렇게까지 움직일 필요는 없었을 텐데 말이다. 선인이의 손가락이 닿았던 턱 어디쯤을 쓰다듬었다. 조선인 헤어스타일을 연출하며 웃는 선인이의 표정이 떠올랐다. 선인이를 만나야겠다.

준비실 앞에 서 있던 선인이가 나를 보자 쇼핑백 하나를 건넸다.

"기념품이래. 네가 안 와서 내가 대신 받았어."

선인이는 학교 교표가 새겨진 교복을 입고 단정한 모습으로 서 있었다. 며칠 동안 미세먼지로 몸살을 앓던 하늘은 민낯을 드러내며 파란빛으로 빛났다. 시원한 버블티 한 잔 마시고 싶었다. 정신없었던 이전의 시간들을 털어 내고 쨍해지고 싶었다.

"선인아, 버블티 한 잔 마실래?"

"그래도 돼? 저기, 박하 너희 학교 애들인 거 같은데."

티켓박스 근처를 서성거리는 민기와 승한이가 보였다. 민기 옆에 있던 다솜이가 나를 향해 걸어오고 있었다.

"하식아!"

승한이와 민기가 호들갑을 떨었다.

"박하식! 얼른 말해 봐. 왜 메시지 확인 안 하냐? 무대 위의 여자와 무슨 비밀거리라도 생긴 거야?"

선인이가 한 발짝 물러서며 어색해했다.

"하식이 너 안경 쓰는 줄 몰랐네?"

다솜이가 눈을 깜박거리며 말을 걸었다. 컬러렌즈가 덮인 눈동자가 탁하게 느껴졌다.

"우리 노래방 가기로 했어. 얼른 가자."

다솜이가 내 팔짱을 끼며 말했다. 다솜이의 아는 척이 반갑지 않았다.

선인이가 고개를 가로저으며 뒤돌아섰다. 잘 가라는 인사일까? '넌 어쩔 수 없구나'라는 뜻일까? 친구들에게 떠밀려 가면서 선인이와 멀어졌다. 또다시 인사조차 하지 못하는 상황을 만들어 버린 내 자신이 한심했다.

나는 나보다 나은 누군가가 이끄는 대로 하루하루를 보냈다. 누군가를 따르는 건 편했다. 적어도 내가 그 정도쯤으로 여겨졌다. 정확하게 나를 알지 못해도 되었다. 그렇게 하루하루 가다 보면, 어딘가에 이르겠지. 나는 내가 어느 정도 되어 있을 줄 알았다. 승한이와 민기가 공부할 때면 하고 싶지 않아도 따라 공부했고 그들이 놀 때면 즐겁지 않아도 따라 웃었다. 하지만 그렇게 따라가다 보니 무엇을 해도 그들보다 뒤처졌고 내목소리는 점점 작아졌다. 그러는 동안 내가 무엇을 하고 싶은지, 무엇을 해야 하는지에 대해 생각하는 방법까지 잊어버렸다는 걸 알았다.

또 이렇게 하루를 보내겠구나 생각하니…… 서글펐다.

'넌 어쩔 수 없구나.'

선인이의 눈빛이 소리가 되어 자꾸 내게 말을 걸었다.

초록불로 바뀐 횡단보도 앞에 멈추었다. 길을 건너지 않았다. 나는 뒤돌아섰다. 그리고 달렸다. 선인이가 보이지 않았다. 다시 만나지 못할 거란 생각에 눈물이 날 거 같았다. 기억조차 하지 않았는데, 왜 못 본다는 생각에 숨이 막혀 올까? 안경이 자꾸만 흐려졌고, 그대로 주저앉았다.

"박하……?"

부드러운 깃털이 뺨을 스치고 고요히 날아갔다. 민들레 홀씨가 흩어지고 있었고, 내 앞에 선인이가 있었다.

"박하, 나는 네가 다시 올지 몰랐단 말이야!"

선인이가 소리쳤다. 선인이의 목소리에는 반가움과 원망과 미안함이 뒤섞여 있었다. 선인이의 어깨가 목소리와 함께 떨렸다. 선인이가 차가운 버블티를 내게 내밀었다.

"기다려! 하나 더 사 올게."

기억하고 싶지 않아서 억지로 잊은 그때, 초등학교 졸업식을 며칠 앞둔 청소 시간이었다. 복도 한 구석을 가리고 남자아이들이 모여 있었다. 키득거리는 웃음소리가 들렸고 가느다란 목소리도 들렸다.

"하지 마, 그만해."

작고 여려서인지 저항기라고는 느껴지지 않는 애처로운 목소리였다. 복도 청소함으로 가면서도 구석진 곳에서 벌어지는 일에 자꾸 눈길이 갔다. 청소함 문을 열며 눈을 힐끔거리자, 무리 중 한 녀석이 내게 말을 걸었다.

"왜? 교실에 빗자루 부족하냐? 아니면 대걸레? 뭐 필요해?"

아이들의 과장된 웃음소리. 뭐가 그렇게 우스운데? 모두 피에로들 같았다.

"아니……."

벗어나고 싶다고 생각했다. 불편한 상황은 피하는 게 상책이니까.

"그럼 빨리 가라."

거드름을 부리는 모습이 불쾌했다. 재수 없는 새끼, 비겁한 속엣말을 내뱉으며 걸음을 옮겼다. 그때, 무리 사이에서 움츠리고 있는 선인이가 보였다. 선인이 손이 불안한 듯 떨렸다. 떨리는 선인이의 손이 벌거벗은 몸처럼 보였다. 선인이가 겁에 질린 강아지처럼 몸서리치다가 자기 가슴을 움켜쥐었을 때, 목소리까지 들리는 것 같았다.

'아파.'

선인이의 목덜미를 만지는 손, 머리카락을 만지다가 옷 속으로 사라지는 손……. 해파리 촉수 같은 여덟 개의 손이 선인이의 몸에 엉겼다.

'때리는 것도 아니잖아. 내가 그러는 것도 아니잖아.'

복도의 모퉁이를 도는 몇 초 동안, 영원처럼 긴 변명을 늘어놓았다. 결국 나는 선인이를 둘러싸고 있는 시커먼 머리통 수를 헤아리며 뒤돌아섰을 뿐이었다. 하나, 둘, 셋, 넷. 숫자를 되뇌며 걸어갔다. 다섯을 세려다가 다시 하나, 둘, 셋, 넷을 탓했다. 아무것도 하지 않은 내가 '다섯'일 순 없다고. 그렇게 애써 무거운 마음을 하나둘 내려놓으면서 앞만 보고 걸어갔다. 나는 뒤돌아보지 않았다. 앞이라고 생각한 방향을 향해 나아갔다.

'박하, 나는 네가 다시 올지 몰랐단 말이야.'

선인이에게 돌아갔어야 했다. 너의 이름을 불렀어야 했다. 눈물이 터져 나왔다. 아무것도 하지 않은 그날로부터 줄곧 그렇게 시간을 보내 왔다는 걸 알았다.

"박하, 왜 울고 그래?"

"미안해."

"뭐가?"

"다."

"너 여전하다. 많이 우는 거."

나는 겁도 많고 눈물도 많았다. 아니, 지금도 그렇다. 이래서 내가 여전한 걸까.

선인이와 나는 버블티를 마시며 한참을 걸었다. 오르막길이었다. 계속 올라가기만 한 것은 아니었다. 바람이 불면 시원함을 느꼈고, 빨대를 타고 올라오는 몽글몽글한 젤리를 씹기도 했다.

"선인아, 여기서 너를 다시 만나서 말이야……."

미안한 마음과 고마운 마음이 뒤섞여 감정을 표현하기가 어려웠다.

"박하야, 메시지 계속 오나 봐. 확인 안 해?"

단톡방에서 보내는 승한과 민기의 메시지였다. 선인이는 메시지를 확인하라며 먼저 벤치에 앉았다. 채팅방에 올라온 여러

장의 사진과 메시지를 확인하는 내내 얼굴과 속이 타들어 가는 것 같았다. 승한이와 민기가 올린 다솜이 사진은 불안하고 불편했다. 다솜이도 모르게 찍힌 사진, 그런 불안함과 불편함을 비웃고 조롱하는 댓글은 더 그랬다. 여태껏 그런 마음을 함께 품고 웃었으면서 이제야 메시지를 보는 게 힘들다고? 나는 나를 조롱하고 싶었다.

선인이는 가방에서 노트 하나를 꺼냈다. 그림을 그리는 선인이의 손을 오랜만에 바라보았다. 선인이의 모습을 보고 있으니 마음이 더 무거워졌다. 선인이를 괴롭혔던 아이들의 숫자만 세고 있던 내 모습이 자꾸 떠올랐다.

"나 보고 있었어? 뭐냐, 민망하게."

내리막길과 성곽을 스케치한 선인이의 그림이 낯설었다. 선인이가 서둘러 노트를 덮었다.

"박하, 아까 연극에서도 우리가 만난 상황이 꿈속이었잖아. 나도 이렇게 만난 게 꿈만 같아. 신기해. 너도 그 말이 하고 싶었지?"

신기했다. 그런데 그 이상의 다른 감정도 느껴졌다. 시간은 제멋대로 흘러가 버렸는데, 이전의 시간과 현재가 이어져 있는 것 같았다. 우연이 그렇게 만들었을까? 시간의 회복이었다. 우연이 우리의 시간을 회복시켜 준 거라면 돌이킬 수 있을까?

"선인아, 너는 많이 달라진 거 같아."

선인이는 그때와는 많이 달라 보였다.

"박하, 우리 6학년 겨울방학이 다가올 즈음 말이야, 한동안 학교에 못 갔어. 그때 많이 아팠거든. 근데 어디가 아픈지를 모르겠어서 더 오래 아팠어. 괜찮아지고 싶었는데 내가 어떻게 노력해야 하는지, 왜 내가 노력해야 하는지도 모르겠더라. 그래서 괜찮아지려고 노력하지 말고 그냥 내가 달라지자고 마음먹었어. 그냥 그렇게 생각한 것뿐이야. 생각대로 행동하다 보면 좀 바뀌겠지 하면서 생각을 더 멋지게 해 보려고 애쓴 거 말고는…… 나는 그냥 같아."

자신에게 이유를 찾으며 앓았을 선인이를 생각하자 덮어 두었던 죄책감이 고개를 들었다. 얼마나 괴로웠을까.

이전 것을 돌이킬 수 없다. 그 순간 하지 못한 일은 결국 아무것도 하지 못한 것일 뿐이다.

"난…… 여전해. 달라져야 하는 건 난데, 그런 생각조차 한 적 없었으니까."

비겁한 채로 시간을 흘려보냈다. 찌질한 채로. 나는…… 여전했다.

"박하, 네가 여전한지 아닌지 그걸 내가 어떻게 아냐?"

선인이가 웃었다. 가지런한 앞니를 받치고 있는 덧니가 단단

해 보였다.

"아, 맞다. 달라졌던데?"

선인이의 눈이 반짝거렸다.

"어? 정말? 뭐가?"

선인이가 나를 보며 미소를 지었다. 발견한 기쁨을 참지 못하고 터지는 미소에 나도 따라 웃었다.

"이거."

선인이의 손가락이 내 턱에 와 닿았다.

툭 하고, 무심하게 버튼을 누른 듯한 손가락 끝이 내 아랫입술을 건드렸다. 입술의 얇은 피부마저 사라져 버린 것처럼 뭉뚝한 손끝의 감촉을 온전히 감각할 수 있었다. 손끝에 렌즈를 올려놓듯이 작은 심장 하나를 올려 내 입술에 얹은 건 아닐까? 그게 아니라면 입술이 이렇게 떨리는 이유를 설명할 수가 없다. 벤치에 드리운 나무가 흔들렸다. 초록 잎들 사이로 언뜻언뜻 흰 빛깔의 꽃이 보였다. 구슬 같은 작은 꽃을 맺는 계절의 이름은 무엇일까. 바람에서 달달하고 새콤한 향이 났다. 나무에 머물던 바람이 내려와 우리를 부드럽게 스치고 지나갔다.

무언가 떨어지는 소리가 났다. 서로를 향했던 우리의 시선이 소리와 함께 흩어졌다. 선인이 손에 들려 있던 연필이 떨어지면서 어딘가로 사라졌다. 벤치와 주변의 잔디를 샅샅이 살폈지만 보이지 않았다. 선인이의 연필을 잃어버린 것이 내 잘못인 것 같아 마음이 편치 않았다.

"우리 다른 곳으로 가자. 여기서는 계속 연필만 찾게 될 거 같아."

선인이가 먼저 자리를 털고 일어났다. 우리는 한참을 더 걸었다. 날은 더웠지만 습하진 않았다. 하늘은 파랗고, 여러 빛깔을 입은 초록 잎들이 한번씩 불어오는 바람에 따라 흔들거렸다. 이 자연스럽고 당연한 그림이 아름다워서 가슴이 두근거렸다. 콧노래를 흥얼거렸고 무슨 노래인지 맞히다가 함께 웃음을 터트리기도 했다.

선인이와 헤어지고서, 성곽 벤치로 돌아왔다. 연필을 찾는 일을 오늘이 가기 전에 해야겠다는 생각이 들었다. 한참을 찾았지만 결국 연필을 찾지 못했다. 결과는 달라지지 않았다. 그렇지만 같은 결과라고 말할 수 없다.

선인이와 앉았던 벤치에 다시 앉았다. 어제의 꿈과 오늘의 꿈 같은 일이 떠올랐다. 성곽을 따라 이어진 길을 오랫동안 바라보았다. 긴 여름 해의 끝이 보일 즈음, 다양한 소품들을 파는 가게에 들어가 새 연필을 골랐다. 육각형의 연필과 함께 연필 깍지도 하나 더했다. 미안하다는 말은 더 이상 하지 않겠다. 더

늦기 전에 선인이에게 연필을 줄 것이다.

언제 오냐는 민기와 승한이의 메시지에 곧 가겠다는 답문을 보냈다. 무슨 말을 꺼내야 할까? 막막했다. 그렇지만 부딪쳐 볼 것이다. 그러다 보면 승한이와 민기는 몰라도, 나는 알게 되지 않을까? 내가 달라졌다는 걸. 아니, 내가 달라지고 싶어 한다는 걸.

턱 끝이 간질간질했다. 휴대전화 액정 화면에 투영된 얼굴을 바라보았다. 턱 끝에는 아침에 베여 생긴 상처 자국이 남아 있었다. 상처는 더 이상 붉지 않았다. 연갈색 딱지가 새살이 되려는지 계속 간지러웠다. 상처 옆으로 검고 짧은 털 하나가 보였다. 선인이의 손가락에 닿은 것은 상처였을까, 아니면 진짜 수염이었을까?

작가의 말

나는 '자라다'라는 말이 좋다. 어쩌면 그 말 때문에 내가 소설을 쓰고 있는지도 모르겠다. 그 단어는 나를 설명해 주고, 내가 쓰는 글에 대해 생각하게 한다. 또 여러 경계를 허물어 아직도 자라고 있는 나와 아이들을 한데 보듬는다. 무엇보다도 계속 자라날 수 있다는 믿음은 꾸준히 나를 위로한다.

나는 열다섯에 첫 소설을 썼다. 장맛비가 내리는 날 「검은 손」이라는 소설을 써서 국어 선생님께 보여 드렸는데, 선생님은 어쩌면 그렇게 끔찍하고 무서운 소설을 썼냐고 말했다. 나는 그 말이 싫지 않았다. 그해 여름 방학, 목욕탕에서 선생님을 만났지만 부끄러움을 느낄 겨를도 없이 달려가 인사를 했던 기억이 있다. 그 설렘은 열여덟에도 소설을 쓰게 했다. 그때 쓴 단편 「삐리의 춤」이 내가 처음 쓴 청소년 소설이었다.

스물넷에 중학교 교사로 첫 발령을 받고 1학년 5반 담임을 맡았다. 무작정 좋아하는 것을 함께 하고 싶었다. 떡볶이를 같이 먹으며 농담을 건네고, 소설을 함께 읽었다. 놀이동산에도 가고 스케이트를 타기도 하면서 아이들이 좋아하는 것을 나누기도 했다. 그해가 끝나갈 즈음에 우리 반 A는 조심스럽게 휴대전화에 저장된 자신의 아빠 사진을 보여 주었다. 아빠의 여자 친구가 되어 달라는 부탁과 함께. 얼마나 어렵게 꺼낸 말인지, 얼마나 힘들게 열어 보인 마음이었는지 알 것 같았다. 어떤 말을 해야 할까 고민했다. 그러나 내가 알고 있는 말들은 덜 마른 수채화 화폭에 아크릴 물감을 얹는 일처럼 무례하기만 했다. A는 내 대답을 기다렸다. 나도 A를 보며 기다려야겠다는 생각을 했다. 아이 마음의 무언가가 마르고 다시 채색할 시간만큼의 기다림, 그것이 대답 대신 내가 할 수 있는 일이었다. 서너 해를 더 보내고 난 뒤, 그 무렵부터 소설을 썼다. 말 대신 이야기를 건넨다면 조금이라도 가뿐한 걸음으로 교실에 들어갈 수 있을 것 같았다. 나는 나를 위해 소설을 썼다.

여섯 편의 단편 중에는 2008년에 쓴 소설도 있고 2019년에 쓴 소설도 있다. 십여 년의 시간이 모인 셈이다. 소설처럼 나는 체육대회 우승 상금으로 학교에서 삼겹살 파티를 했고, 휴대전화와 관련된 사건은 밤이 새도록 이야기할 수도 있다. 소설 속 학교는 내가 근무했던 학교 가운데 하나였고, 대학로 소극장은 단골 체험학습 장소였다. 「펜트하우스에 갇힌 날」 속 109동 아파트는 오래된 나무가 많아 숨기 좋았던 나의 사색 장소였으며, 곱창 트럭은 목요일마다 야식을 사러 들르는 단골 가게이기도 하다. 소설 속에 녹아 있는 이야기는 나와 아주 밀접하다. 그리고 그들은 가까이에 있다. 상형, 충휘, 선우, 지구인, 은유, 박하는 어쩌면 만나게 될지도 모를 아이들이다.

다시 쓴 첫 소설은 A를 생각하면서 쓴 소설이었지만 A의 이야기는 아니다. A의 이야기는 아무래도 쓸 수 없었다. 아마도 나는 내가 아는 아이들의 삶을 글로 쓰지는 못할 것 같다. 내가 만난 아이들이 어떠했다고 말하기는 참 어려운 일이기 때문이다. 나조차도 그렇다. 나는 어느 시기엔 쾌활했고 또 무심했으며, 다정한 타협을 반복하기도 했다. 우리는 매일 자라고 있어서, 단지 어느 순간을 바라보고 있을 뿐이다.

『벌레를 밟았다』에 수록된 이야기에는 명암의 차이는 있지만 일상에 내재된 폭력의 이미지가 그려져 있다. 이 책을 읽으면서 다양한 모습으로 둔갑하고 있는 폭력에 대해 섬세하게 알아차리려는 마음을 품으면 좋겠다. 애초부터 폭력을 보여 주기 위해 소설을 쓴 것은 아니었으니 안아주고 싶은 나를 발견할 수 있다면 더 좋겠다.

작가의 말은 한 소설을 떠나보내고 다음 소설을 맞이하는 의식이라는 어느 소설가의 말을 생각했다. 그저 계속 쓰겠다는 말, 그걸로 충분하다. 나는 계속 쓰는 사람이고 싶다.

2020년 3월 김지민